Band 384 der Bibliothek Suhrkamp

Zbigniew Herbert
Inschrift

Gedichte

herausgegeben und übertragen
von Karl Dedecius

Suhrkamp Verlag

Erste Auflage dieser Ausgabe 1973

Druck: Poeschel & Schulz-Schomburgk, Eschwege
Printed in Germany

Prolog

Inschrift

Du schaust auf meine hände
und sagst – sie sind schwach wie blumen

Du schaust auf meinen mund
zu klein um zu sagen: welt

> – Schaukeln wir lieber auf dem stengel der augenblicke
> trinken wind
> und sehen zu wie uns die augen versinken
> der duft des welkens ist der allerschönste
> und die gestalt der ruinen betäubt

Ich habe eine flamme die denkt
eine bö für das feuer und die segel

Meine hände sind ohne geduld
ich könnte aus der luft
den kopf eines freundes
formen

Ich wiederhole ein gedicht
das ich übersetzen möchte
in sanskrit oder in eine pyramide:

Wenn die quelle der sterne verdorrt
werden wir den nächten leuchten

Wenn der wind versteinern sollte
werden wir die luft erschüttern

Vorsatz

Zbigniew Herbert:
Lyrik heute

Man muß kein großer Kenner der heutigen Literatur sein, um einen ihrer wesentlichen Charakterzüge zu bemerken – den Ausbruch von Verzweiflung und Unglauben. Alle Grundwerte der europäischen Kultur sind heute in Frage gestellt. Zahllose Romane, Theaterstücke und Gedichte sprechen vom unabwendbaren Untergang, von der Sinnlosigkeit des Lebens, von der Absurdität der menschlichen Existenz. Es ist nicht meine Absicht, den Pessimismus leichterhand zu verspotten, dort, wo er eine Reaktion auf das Böse in dieser Welt ist. Aber ich meine, daß die schwarze Tonart der Gegenwartsliteratur aus der Einstellung der Autoren zur Realität kommt. Und diese Einstellung wollte ich im Gedicht angreifen.

Die romantische Konzeption vom Dichter, der seine Wunden bloßlegt, der das eigene Unglück besingt, hat heute immer noch, trotz der Wandlung der Stile und des literarischen Geschmacks, viele Anhänger. Man glaubt, die betonte Selbstbezogenheit, das Manifestieren seines wunden »Ich« sei des Künstlers heiliges Recht.

Gäbe es eine Schule der Literatur, müßte man in ihr vor allem die Beschreibung der Gegenstände üben und nicht die der Träume. Jenseits des Ichs des Künstlers erstreckt sich eine schwere, dunkle, aber reale Welt. Man darf nicht aufhören zu glauben, daß wir diese Welt ins Wort fassen, ihr Gerechtigkeit widerfahren lassen können.

Sehr früh, fast zu Beginn meiner literarischen Arbeit, wurde mir klar, daß ich meinen Gegenstand außerhalb der Literatur zu suchen hatte. Das Schreiben als stilistische Übung fand ich unfruchtbar. Lyrik als Kunst des Worts langweilte mich. Ich begriff auch, daß ich mich von den Gedichten anderer nicht lange hätte ernähren können. Ich mußte aus mir und aus der Literatur ausbrechen, mich in der Welt umsehen, andere Wirklichkeiten erobern.

Die Philosophie machte mir Mut, erste wesentliche Fragen, Grundsatzfragen zu stellen: ob die Welt existiert, wie ihr Wesen ist und ob sie erkennbar ist. Wenn man aus dieser Disziplin einen Nutzen für die Lyrik stiften kann, dann nicht dadurch, daß man Systeme beschreibt, sondern daß man den Gedankenprozeß offenbart.

Ich wende mich nicht an die Geschichte, um aus ihr eine leichte Lektion der Hoffnung abzuleiten, sondern um meine Erfahrung mit der Erfahrung anderer zu konfrontieren, um für mich etwas zu gewinnen, was ich das universelle Mitleid nennen würde, auch Verantwortungsgefühl, Gefühl der Verantwortung für den Zustand der menschlichen Gewissen.

Alt ist der Traum des Dichters davon, daß sein Werk zum konkreten Gegenstand werde, wie der Kiesel oder der Baum, daß es, aus der Materie der Sprache gebildet, die einer ständigen Wandlung unterliegt, ein dauerhaftes Leben erlange. Für eine der möglichen Methoden halte ich diese: sich selbst zu überwinden, die Beziehungen, die das Gedicht mit dem Autor hat, zu verwischen. So verstehe ich die Empfehlung Flauberts: »Der Künstler sollte sich in seinem Schaffen verstecken, ähnlich wie sich der Schöpfer in der Natur versteckt.«

Und Paracelsus sagte, die Erschaffung der Welt durch Gott sei unvollendet geblieben, der Mensch sei berufen, den Schöpfungsakt zu vollenden. Ich halte es für einen sehr schönen humanistischen Glauben.

Das Gefühl der Zerbrechlichkeit und der Nichtigkeit des menschlichen Lebens wirkt weniger deprimierend, wenn man es in die Kette der Geschichte einordnet, die ein Weiterreichen des Glaubens an den Sinn unseres Tuns und Wollens ist. Auf diese Weise verwandelt sich sogar der Schrei des Schrekkens in einen Ruf nach Hoffnung.

Anbau der Philosophie

Gegenstände

Tote gegenstände sind immer in ordnung und man kann ihnen, leider, nichts vorwerfen. Es ist mir niemals gelungen, einen stuhl ausfindig zu machen, der von einem bein auf das andere träte, oder ein bett, das kopfstünde. Auch tische, sogar wenn sie müde sind, wagen es nicht, niederzuknien. Ich habe verdacht, daß die gegenstände es aus erzieherischen gründen tun, um uns ständig unsere unbeständigkeit vorzuhalten.

Kiesel

Der kiesel ist als geschöpf
vollkommen

sich selber gleich
auf seine grenzen bedacht

genau erfüllt
vom steinernen sinn

mit einem geruch der an nichts erinnert
nichts verscheucht keinen wunsch erweckt

sein eifer und seine kühle
sind richtig und voller würde

ich spür einen schweren vorwurf
halt ich ihn in der hand
weil dann seinen edlen leib
die falsche wärme durchdringt

– Kiesel lassen sich nicht zähmen
sie betrachten uns bis zum schluß
mit ruhigem sehr klarem auge

Die innere Stimme

Meine innere stimme
rät mir nichts zu
rät mir nichts ab

sie sagt weder ja
noch nein

sie ist schwach hörbar
und kaum artikuliert

sogar tief geneigt
hört man nur die vom sinn
getrennten silben

ich versuche sie nicht zu dämpfen
ich behandle sie gut

ich tue als hielte ich sie für meinesgleichen
als läge mir sehr an ihr

manchmal sogar
versuche ich mit ihr zu reden
– weißt du ich hatte mich gestern geweigert
ich hatte so etwas noch nie
jetzt tue ich's auch nicht

– glu – glu

– also du meinst
ich hätte recht

– ga – go – gi

schön daß wir uns verstehen

– ma – a –

– na und jetzt ruhe dich aus
morgen reden wir weiter

sie nützt mir gar nichts
ich könnte sie überhören

ich spüre keine hoffnung
nur etwas bedauern
wenn sie so daliegt
bedeckt mit mitleid
schwer atmet
den mund öffnet
und den machtlosen kopf
zu heben versucht

Offenbarung

Zwei vielleicht drei
male
war ich sicher
ich würde das wesen der dinge greifen
und wissen

das zellengewebe meiner formel
aus allusion wie bei Phädon
besaß auch die genauigkeit
der Heisenbergschen gleichung

reglos saß ich
mit feuchten augen
fühlend wie sich das rückgrat
mit nüchterner sicherheit füllte

die erde stand still
der himmel hielt an
meine reglosigkeit
war beinahe vollkommen

der briefträger hatte geläutet
ich mußte mit dem eimer hinaus
den tee bereiten

Schiwa hob den finger
geräte des himmels und der erde
begannen wieder zu kreisen

ich kam zurück in mein zimmer
wo war der vollkommene friede

die idee eines glases
ergoß sich über den tisch

ich setzte mich
mit feuchten augen
erfüllt von der leere
das heißt von verlangen

wenn mir das noch einmal passiert
wird mich kein schellen des briefträgers
und kein gezeter der engel rühren

ich werde sitzen
reglos
starrend
ins herz der dinge

den toten stern

den schwarzen tropfen der unendlichkeit

Reife

Gut ist was verging
gut ist was kommt
sogar das heute
ist gut

Im leibgeflochtenen nest
lebte ein vogel
schlug an das herz mit den flügeln
wir nannten ihn: unruhe, meist
und manchmal: liebe

abends
wanderten wir am reißenden fluß des leids
man konnte sich spiegeln darin
scheitel und sohle

jetzt
ist der vogel aus den wolken gefallen
der fluß im sand ertrunken

ratlos wie kinder
erfahren wie greise
sind wir einfach frei
das heißt bereit uns zu entfernen

Nachts kommt der freundliche alte
lädt uns mit gastlichem wink ein
– wie heißt du – fragen wir ängstlich

– Seneca – sagen die abiturienten
und die kein latein gelernt haben
nennen mich: toter

Anbau der Philosophie

Ich säte auf dem glatten acker
des holzhockers
die idee der unendlichkeit
seht wie sie gedeiht
– sagt der philosoph und reibt sich die hände

Wahrhaftig sie wächst
wie erbsen wachsen
sie wird
in drei oder vier
viertelstunden der ewigkeit
sogar seinen kopf
überwuchern

Ich habe auch eine walze konstruiert
– sagt der philosoph
ein pendel am gipfel der achse
ihr merkt schon worum es geht
die walze das ist der raum
das pendel die zeit
tick – tick – tick
– sagt der philosoph und fuchtelt
und lacht sich ins fäustchen

Zum schluß habe ich die vokabel *sein* ausgedacht
ein hartes und farbloses wort
man muß sehr lange das warme laub
mit der hand auseinanderscharren
bilder zertreten
den sonnenuntergang eine erscheinung nennen
will man darunter den toten fahlen

stein der weisen
entdecken

Nun erwarten wir
daß der philosoph über seine weisheit weine
vergeblich

ungerührt dauert das sein
der raum löst sich nicht auf
und die zeit sie hält nicht inne
in ihrem verlorenen lauf

Die Väter des Sterns

Die uhren gingen normal also warteten sie
auf den lawineneffekt und ob er danach über die schräge ginge
aufgezeichnet aufs blatt des äthers
sie waren gelassen sicher im turm ihrer daten
unter den milden vulkanen im schutze des bleis
zugedeckt mit dem glas und der stille und einem himmel ohne
geheimnis
die uhren gingen normal also folgte die explosion

die hüte fest in die stirn gezogen entfernten sie sich
die väter des sterns kleiner als ihre kittel
sie dachten jetzt an den drachen aus ihrer kindheit
als die gespannte schnur in der faust noch zitterte
während jetzt alles von ihnen getrennt war
lautlos planten die uhren es blieb ihnen nur
das erbstück vom vater der alte silberne puls

abends zuhaus am wald ohne tiere und farne
mit dem betonpfad und der elektrischen eule
werden sie ihren kindern das märchen von Dädalus lesen
recht hat der Grieche gehabt er wollte nicht mond noch stern
er war nur ein vogel er blieb in dem kreis der natur
und dinge die er erbaute folgten ihm wie die tiere
wie einen mantel trug er auf seinem rücken
schwinge und schicksal

Hocker

Am ende läßt sich diese liebe nicht mehr leugnen
der kleine vierbein auf eichenen füßen
mit rauher haut und erstaunlich kühl
ein alltagsgegenstand ohne augen aber mit einem gesicht
auf dem die runzeln der jahresringe ihr reifes urteil deuten

graues eselchen der geduldigste aller esel
das fell ist ihm ausgefallen vom allzu langen fasten
und nur das büschel hölzerner borste
fühle ich unter der hand wenn ich ihn morgens streichle

– Weißt du mein lieber es hat schon blender gegeben
die sagten: es lüge die hand es lüge
das auge wenn es die formen berührt die leer sind –

das waren bösewichte gegen die dinge gehässig
sie wollten die welt mit der angel ihrer verneinungen fangen

wie soll ich dir meine dankbarkeit meine bewunderung sagen
du kommst sofort auf jeden wink der augen
mit großer gelassenheit sagst du dem armen verstand
in deiner zeichensprache: wir sind wahr –

Die treue der gegenstände öffnet uns schließlich die augen

An Marc Aurel

für Professor Henryk Elzenberg

Lösch aus das licht Marc gute nacht
und schließ das buch Über dem kopf
steigt schon der sterne silberlarum
des himmels fremder zungenschlag
der schrei des schreckens der barbaren
den dein latein nicht sagen kann
es ist die alte angst die finstre angst
was da ans morsche menschenufer schlägt

Und siegt Ob du das brausen hörst
der flut Der strom der elemente wird
zerstören deine alten lettern
bevor der welt vier wände fallen
Was bleibt uns – zittern in der luft
in asche blasen und den äther trüben
an fingern nagen leere worte suchen
und hinter uns die schatten der gefallnen schleppen

So lege Marc den frieden lieber ab
und reiche deine hand mir überm dunkel
Sie bebe wenn der blinde kosmos einschlägt
in die fünf sinne wie in eine lyra

Verraten wird das all uns die astronomie
der sterne rechnung und der gräser weisheit
und deine allzu große größe
und auch mein ratloses gewimmer Marc

Zittert und bebt

Der ruhelose riesige raum
der kleinen planeten zittert und bebt
mich wie ein meer zu schlucken

die sekundenzeiger stecken im puls
wenden das überaus schnelle jahr
wie mühlensteine im warmen blut

die stumme nadel ruft zum norden
in den reißenden strom der dunklen gewässer
dorthin wo wolken und himmel vergehen

> bestatte den nahen tod in der runzel
> du kannst mit der stirn ihm den weg nicht wehren
> blut und gedanke versickern im sande

ich baue die schwierige unendlichkeit
aus punkten atomen haaren kometen
beim hohngelächter der aquilos
errichte ich häfen für sprödes bestehen

Versuch einer Auflösung

Aus der Mythologie

Am anfang war der gott der nacht und des sturms, der schwarze götze ohne augen, vor dem die nackten und die mit blut beschmierten hüpften. Danach, zur zeit der republik, gab es viele götter mit frauen, kindern, knarrenden betten und sicher explodierendem donner. Zum schluß trugen nur noch abergläubische neurastheniker eine salzstatuette, den kleinen gott der ironie, in der tasche. Es gab damals keinen größeren gott.
Dann kamen die barbaren. Auch sie schätzten den götzen der ironie. Sie zertraten ihn mit den absätzen und schütteten ihn in die speisen.

An Apollo

1

Er schritt wie eine blume
ganz im rausch der gewandung aus stein

warf glanz und lorbeerschatten voraus
und atmete wie alle statuen leicht

vom eigenen leid gefesselt
die kithara bis zur höhe des schweigens hebend

in sich versunken
mit bachwasserweißen pupillen

steinern
von den sandalen
bis zur schleife im haar

ich hatte mir deine finger eingebildet
deinen augen geglaubt
dein instrument hat keine saiten
die arme keine hände
gib mir den jungen schrei zurück
die ausgestreckten hände
und meinen kopf
im großen federbusch der ekstase

gib mir die hoffnung zurück
du weißer stummer schädel

stille –
        gesprungener hals
stille –
        gebrochener gesang

2
Den ersten grund der jugend
berühre ich nicht obwohl ich geduldig tauche

jetzt berge ich nur
zerschlagene salzige torsi

Apollo träumt mir des nachts
mit dem gesicht des gefallenen Persers

irrig sind die orakel der poesie
alles war anders

        der brand des gedichts war anders
        der brand der stadt war anders

        die helden kamen vom feldzug nicht heim
        es gab keine helden
        gerettet wurden die würdelosen

        ich suche die statue
        die in der jugend versank

ein kahler sockel blieb –
die spur einer hand die nach formen tastet

An Athene

Durch das eulendunkel
deine augen

Über dem erzenen helm
deine weisheit

getragen
von den gedanken die leicht sind wie pfeile
laufen wir durch die tore des lichts
aus dem hell in die blendung

getragen
im kraftlosen arm
salutieren wir dich
auf dem schild des schattens

wenn uns der kopf auf den brustkorb sinkt
dann tauche in unser haar deine finger
und trage

zücke für eine weile
aus vogelgefieder
die scharfe und plötzliche form

laß deine güte uns töten
das grausame mitleid uns schmähen

gieß in den körper
der vom speer getroffen und leer ist
das öl
des milden scheins

und reiß die hülse der lider
von unseren augen

laß sehen

Mykene

Ägisthos schläft Die mauern schnarchen
das blut auf den steinen ist angetrocknet
Elektra gähnt Es ist fünf uhr morgens
die wassertrage drückt auf den schultern

Er schreitet die treppe hinab zur zisterne
die feuchte nacht gleicht der fledermaus
und bevor der eimer das wasser getrübt hat
sieht man im wasser die riesigen augen des vaters

mit angst gefüllt So spricht Agamemnon
ohne zu schreien mit seiner tochter
Ein langer waschtag Stapel von schmutz
das blut auf den bettlaken ist geronnen

Abends ist festmahl Klytämnestra waltet
schön wie immer Sie zechen tüchtig
weinen lachen und weinen wieder
im winkel stottert der blinde harfner

Das epos ist alt schon und verbraucht
als führe man eggen über die knochen
so schleicht die brüchige stimme auf steinen
im dicken dunkel des megarons

Und dann damit es munterer werde
holen sie ihre leichen herauf aus dem keller
schleppen sie zu den tischen gießen
wein in kehlen die nicht mehr da sind

Es gibt einen augenblick der lautlosigkeit
da der mächtige dunst des weines die nacken beugt
der schatten das beil von der wand löscht
und tote und mörder aussöhnt

Klassiker

Riesiges holzohr, verstopft mit watte und Ciceros kaltem kaffee. Großer stilist – sagen alle. Niemand schreibt heute so lange sätze mehr. Und wie gelehrt. Sogar im stein kann er lesen. Nur fällt ihm nie auf, daß die marmoräderchen in Diokletians thermen geplatzte blutgefäße der sklaven aus den steinbrüchen sind.

Das Fehlen des Knotens

Klytämnestra öffnet das fenster, spiegelt sich in der scheibe, um ihren neuen hut aufzusetzen. Agamemnon im vorzimmer steht, steckt sich eine zigarette an, wartet auf seine frau. Zum tor kommt Ägisthos herein. Er weiß nicht, daß Agamemnon gestern nachts zurückkam. Sie begegnen sich auf der treppe. Klytämnestra schlägt vor, ins theater zu gehen. Sie werden ab nun sehr oft zusammen ausgehn.
Elektra arbeitet in der genossenschaft. Orest studiert pharmazie. Bald wird er seine zerstreute kollegin mit dem blassen teint und den ewig verweinten augen heiraten.

Dekorativ und wahr

Dreidimensionale illustrationen aus beklagenswerten lehrbüchern. Die sterblichen weiß, mit trockenem haar, mit leerem köcher und dürrem thyrsos. Sie stehen reglos auf brachen inseln, mitten unter lebendigen steinen, unter belaubtem himmel. Die symmetrische Aphrodite, Jupiter, von hunden beweint, Bacchus, trunken vom gips. Schande der natur. Ekzem der gärten.

Die wahren götter schlüpften für kurz nur und unwillig in die haut des gesteins. Das mächtige unternehmen der donner und morgenröten, des hungers, der goldenen regenfälle erforderte eine enorme vitalität. Sie flohen aus den verbrannten städten, festgeklammert an wellen, segelten sie zu entfernten inseln. In bettlerlumpen überschritten sie die grenzen von zeit und zivilisation.

Verfolgt und verfolgend, schweißgebadet, lauthals, in ständiger jagd nach der fliehenden menschheit.

Fragment einer griechischen Vase

Im vordergrund
der stattliche körper eines jünglings

das kinn auf die brust gestützt
das knie angezogen
der arm wie ein toter zweig

Er hat die augen geschlossen
er entsagt sogar Eos

ihre in die luft gekrallten finger
und aufgelösten haare
und auch die linien ihres gewandes
bilden drei kreise des leids

Er hat die augen geschlossen
er entsagt der kupfernen rüstung

des herrlichen helms
geschmückt mit blut und schwarzem federbusch
des zerbrochenen schilds
und des speers

Er hat die augen geschlossen
er entsagt der welt

Die blätter hängen herab
in der stillen luft
es zittert der ast
berührt von dem schatten entfliehender vögel

und nur die versteckte grille
in den noch lebenden haaren Memnons
verkündet das überzeugende
loblied des lebens

Fortinbras' Klage

für M. C.

Allein geblieben prinz können wir jetzt von mann zu mann
miteinander reden
wenn du auch liegst auf der treppe und soviel siehst wie eine
tote ameise
das heißt die schwarze sonne mit den gebrochenen strahlen
Niemals konnt ich an deine hände denken ohne zu lächeln
und nun da sie auf dem stein wie abgeschüttelte nester liegen
sind sie genauso schutzlos wie vorher Das ist das ende
die hände liegen gesondert Der degen gesondert Gesondert
liegen
kopf und beine des ritters in weichen pantoffeln

Du wirst ein soldatenbegräbnis haben wenn du auch kein
soldat warst
das ist das einzige ritual auf das ich mich etwas verstehe
Es wird keine kerzen geben und keinen gesang sondern lunten
und donner
des abends trauertuch über dem pflaster helme beschlagene
stiefel
artilleriepferde trommelwirbel wirbel ich weiß schön ist das
nicht
das wird mein manöver sein vor der machtübernahme
man muß diese stadt an der gurgel fassen und leicht daran
schütteln

So oder anders du mußtest fallen Hamlet du taugtest nicht
für das leben
du glaubtest an die kristallbegriffe und nicht an den
menschlichen lehm
du lebtest von ständigen krämpfen und jagtest in träumen
chimären

du schnapptest gierig nach luft und mußtest dich gleich erbrechen
kein menschliches ding gelang dir nicht einmal das atmen

Jetzt hast du ruhe Hamlet du tatest das deine
nun hast du ruhe Der rest ist nicht schweigen doch mein
du wähltest den leichteren teil den effektvollen stich
aber was ist schon der heldentod gegen das ewige wachen
mit kaltem apfel im griff auf erhöhtem stuhl
mit sicht auf den ameisenhaufen und auf die scheibe der uhr

Leb wohl mein prinz mich erwartet das kanalisationsprojekt
und der erlaß in sachen der dirnen und bettler
Ich muß auch ein beßres gefängnissystem erfinden
denn wie du richtig meintest Dänemark ist ein gefängnis
Ich gehe zu meinen geschäften Heut nacht wird der stern
namens Hamlet geboren Wir kommen nie mehr zusammen
was von mir bleibt wird niemals stoff für eine tragödie

Wir sollten uns weder willkommen noch abschied sagen
wir leben auf inselmeeren
und dieses wasser die worte was sollen was sollen sie prinz

Paradies der Theologen

Das Paradies der Theologen

Alleen, lange alleen, mit sorgfältig beschnittenen bäumen bepflanzt, wie in einem englischen park. Manchmal geht hier Der Engel vorbei. Sorgfältig onduliertes haar, latein rauschende flügel. In der hand hält er ein nützliches instrument, genannt der syllogismus. Er geht rasch, ohne die luft noch den kies zu berühren. Schweigend passiert er steinerne symbole der tugend, reine qualitäten, ideen von gegenständen und viele andere gänzlich unvorstellbare dinge. Das auge verliert ihn niemals, denn hier gibt es keine perspektiven. Die chöre und die orchester schweigen, aber musik ist da. Es ist leer. Die theologen sprechen geräumig. Auch das zum beweis.

Am Tor des Tals

Nach dem kometenregen
versammelten sich auf der aschewiese
im schutze der engel
alle

vom geretteten hügel
kann das auge
die ganze blökende herde der zweibeiner erfassen

wirklich es sind nicht viele
sogar mit denen die noch hinzukommen werden
aus chroniken märchen und heiligenlegenden

doch genug gegrübelt
wenden wir unseren blick
der gurgel des tals zu
woher der schrei kommt

nach dem gezisch der explosion
nach dem gezisch der stille
schlägt dieser ruf wie eine fontäne empor

es ist wie sie uns erklären
der schrei von müttern denen man ihre kinder entreißt
denn wie es sich zeigt
werden wir einzeln erlöst

die schutzengel sind ohne rücksicht
sie haben alles was recht ist schwierige arbeit

eine frau fleht
– verbirg mich im auge
in der hand in den armen
wir waren doch immer zusammen
du kannst mich jetzt nicht verlassen
da ich nun tot bin und zärtlichkeit brauche

der ältere engel klärt
freundlich das mißverständnis

eine greisin trägt
ihren toten kanarienvogel
(alle tiere starben etwas früher)
er war so lieb – weint sie –
verstand alles
was ich sprach –
ihre stimme geht unter im geheul

sogar der holzfäller
jenseits von solchem verdacht
ein alter buckliger bauer
preßt seine axt an die brust
– sie hat mir mein lebtag gehört
sie gehört mir auch jetzt
sie ernährte mich dort
sie wird mich hier ernähren
niemand hat das recht
– sagt er –
ich geb sie nicht her

die wie es scheint
sich schmerzlos den befehlen ergaben
gehen mit hängenden köpfen zum zeichen der einsicht
verstecken aber in den geballten fäusten
fetzen von briefen bänder abgeschnittenes haar

und fotografien
von denen sie hoffen
naiv
man werde sie ihnen lassen

so also sehen sie aus
im augenblick
vor der letzten scheidung
in zähneknirschende
und psalmensinger

Der Siebte Engel

Der siebte engel
ist ganz anders
er heißt sogar anders
Schemkel

kein Gabriel
der güldene
eine stütze des throns
und baldachin

kein raphael
stimmeister der chöre

auch kein
Asrael
planetenführer
geometer der unendlichkeit
vollendeter kenner der theoretischen physik

Schemkel
ist schwarz und nervös
vielmals vorbestraft
für den schmuggel mit sündern

zwischen abgrund
und himmel hallt
sein ständiges gestampfe

er hält nicht auf seine würde
und man läßt ihn in dieser schar
nur mit rücksicht auf die zahl sieben

aber er ist nicht wie die andern

kein feldherr
Michael
ganz in schuppen und federbüschen

kein Asraphael
weltdekorateur
beschützer der üppigen vegetation
mit flügeln die wie zwei eichen rauschen

nicht einmal
Dedrael
apologet und kabbalist

Schemkel Schemkel
– murren die engel
warum bist du so unvollkommen

byzantinische maler
wenn sie die sieben malen
zeigen Schemkel
ähnlich den andern

sie meinen nämlich
sie würden der lästerung schuldig
wenn sie ihn malten
so wie er ist
schwarz nervös
im alten ausgefransten glorienschein

Jona

Aber der Herr verschaffte einen großen Fisch,
Jona zu verschlingen.

Jona der sohn Amitthais
fliehend vor der gefährlichen mission
bestieg das schiff
das von Japho nach Tharsis fuhr

dann kam das wohlbekannte
großer wind sturm
die besatzung wirft Jona in die tiefen
die stürmische see erstarrt
der prophezeite fisch kommt angeschwommen
drei tage und drei nächte
betet Jona im bauch des fisches
der ihn schließlich aufs trockene
hinauswirft

der Jona von heute
fällt ins wasser wie ein stein
begegnet er einem wal
hat er kaum zeit zu seufzen

gerettet
benimmt er sich schlauer
als sein kollege aus der bibel

er meidet gefährliche missionen
läßt seinen bart wachsen
und handelt fern von der see
und fern von Ninive
unter falschem namen
mit vieh und antiquitäten

Leviathans agenten
sind käuflich
sie haben keinen sinn für schicksal
sie sind beamte des zufalls

im gemütlichen hospital
stirbt Jona an krebs
ohne selbst recht zu wissen
wer er eigentlich war

die parabel
erlischt
an seinen kopf gesetzt
und der balsam dieser geschichte
versagt an seinem körper

Marginalie zum Prozeß

Der Sanhedrin hatte niemals nachts gerichtet
der pöbel nach dem die erfindungsgabe verlangt
widerspricht dem herkommen grell

es ist unwahrscheinlich
daß man das Passahfest vergewaltigt hätte
eines harmlosen Galiläers wegen
verdächtig erscheint die nämliche aussage
der erbwidersacher – der Sadduzäer und der Pharisäer

dem Kaiphas oblag die ermittlung
ius gladii besaßen die Römer
wozu also schatten beschwören
und eine menge die brüllte gib uns den Barabbas frei

es scheint die ganze sache wurde zwischen beamten vollzogen
dem blassen Pilatus und dem tetrarchen Herodes
verwaltungstechnisch ein tadelloses verfahren
wer aber hätte daraus je ein drama gemacht

daher die Kulisse der schüchternen Bartträger
und das gesindel das auf den berg steigt namens
schädel

das konnte grau gewesen sein
leidenschaftslos

Der Heimatteufel

1

Er kam aus dem Westen im anfang des zehnten jahrhunderts. Er strotzte zunächst vor einfällen und energie. Überall hörte man seine hufe klappern. Die luft roch teuflisch. Die unberührte landschaft, der hölle näher als dem himmel, schien ihm gelobtes land. Die schwankende seele des volkes lechzte geradezu nach der taufe des dunklen feuers.
Glockentürme schwankten auf hügeln. Die mönche piepsten wie mäuse. Weihwasser goß es in zubern.

2

Schlösser und städte gab er magistern der alchimie und betrügerischen magiern in pacht. Selbst krallte er sich hinein mit seinen zehn klauen in das gesunde fleisch des volkes – der bauern. Mühelos drang er ins fleisch, aber er hinterließ keine spur. Die muttermörder zimmerten ihm votivkapellen. Gefallene mädchen erhoben sich. Die besessenen lächelten dümmlich.
Den engeln erschlafften die muskeln, die menschen verfielen in dumpfe tugend.

3

Sehr rasch verließ ihn der schwefelgeruch. Er begann naiv nach heu zu riechen. Wurde zum trunkenbold. Ließ sich vollkommen gehen. Kommt er jetzt in die scheune, dann bindet er keine knoten mehr in die schwänze der kühe. Er reizt nicht einmal die weiber an ihren brustwarzen nachts.
Er überlebt aber alle. Hartnäckig wie das unkraut, träge wie kletten.

Die Priester und die Bauern

Die priester führen die bauern ins hochland hinaus. Sie setzen sie wie kartoffeln gerade, zwischen den flachen hügeln, am milden hang. Die linden schmücken sich und verlieren das laub.
Die bauern möchten die priester ins feld führen. Aber die priester wehren sich mit den weißen händen. Sie mögen dieses heidnische säen nicht. Wer einmal ins erdreich einging, der sollte nicht blühen. Die linden schmücken sich und verlieren das laub.
Daher das getue mit dem kirchendiener Merkur und der handel, damit er die schnur nicht ziehe, die krähen nicht schrecke, das schwere herz nicht schaukle.

Eine Episode aus Saint-Benoît

In der alten abtei an der loire
(die säfte aller bäume flossen diesen fluß hinab)
vor dem eingang zur basilika
(kein narthex sondern steinerne degorien)
auf einer der kapitelle
steht der nackte Max Jacob
den sich der satan und der vierflügelige erzengel
aus den händen reißen

Das ergebnis dieses ringkampfs
wurde
abgesehen vom nachbarkapitell
nicht publik

Fest hält der satan Jacobs
herausgerissene hand
und erlaubt dem rest
zwischen den vier unsichtbaren flügeln
zu verbluten

Sieh mal

Bläue kalt wie stein an dem die engel ihre flügel wetzen
erhaben und sehr dieser erde entrückt
schreitend auf sprossen des glanzes und über die fetzen des schattens
versinken sie langsam in dem geträumten himmel
aber sie kommen nach einer weile noch blässer heraus
jenseits des himmels jenseits der blicke

Sag nicht es sei nicht wahr es gäbe die engel nicht
vertieft im weiher des trägen körpers
die du das alles im farbton der eigenen augen siehst
und satt von der welt bei der schranke der wimpern verharrst

* * *

Den Ungarn

Wir stehen an der grenze
strecken die hände aus
und drehen, brüder, für euch
den großen strick aus luft

aus dem gebrochenen schrei
aus den geballten fäusten
gießt man herz und glocke
die zur warnung schweigen

verwundete steine flehen
getötetes wasser fleht
wir stehen an der grenze
wir stehen an der grenze

wir stehen an der grenze
sie wird vernunft genannt
und blicken in den brand
und staunen über den tod

(1956)

Ende der Dynastie

Beschreibung des Königs

Der bart des königs worauf ovationen und fette
troffen so daß er schwer wurde wie ein beil
erscheint dem delinquenten plötzlich im traum
und flackert allein im dunkel auf dem leuchter des körpers

Die eine hand ist groß vom fleisch wie eine provinz
durch die der pflüger stapft und die korvette schleicht
Die hand die das zepter führt vertrocknet von distinktion
ist grau vor alter geworden wie eine alte münze

Träge sickert der sand im stundenglas des herzens
Die beine stehn in der ecke ausgezogen in schuhn
als stünden sie wache wenn nachts auf dem thron erstarrend
der könig nachkommenlos seine dritte dimension verliert

Die Erzählung von den russischen Emigranten

Es war im jahre zwanzig
oder einundzwanzig
russische emigranten kamen zu uns gefahren

hochgewachsen blond
mit verträumten augen
und mit frauen wie märchen

als sie den markt überquerten
meinten wir – zugvögel kämen

sie besuchten die bälle der grundbesitzer
man flüsterte rings – was für perlen

als aber die lichter der feste erloschen waren
blieben ratlose menschen zurück

die grauen zeitungen schwiegen
und nur die patience hatte mitleid

die gitarren hinter den fenstern verstummten
sogar die schwarzen augen verblaßten

abends fuhr sie der samowar mit der pfeife
zu den stationen der heimat

nach ein paar jahren sprach man
nur von dreien
von dem der wahnsinnig wurde
von dem der sich erhängte
und von der zu der die männer gingen

der rest lebte abseits
und wurde langsam zu staub

Dieses erzählt mir Nikolaj
der den zwang der geschichte kennt
um mich zu entsetzen das heißt zu überzeugen

Die Kronprinzessin

Ich die kronprinzessin
Alexandra
tochter des zaren
heut eine kleine greisin
die letzte der Romanows
weiß alles
ich habe alles gesehen
zuerst die schuhe
danach die großen hände
gesichter sah ich nicht
neben mir sagte Olga
– papa
gleich danach sah ich
die blutverklebten haare
und das fast schwarze mieder
da nahm mich der erzengel Gabriel
in seinen mund
es war schlimmer als sterben
diese zweite geburt

jetzt belle ich oder lache
auf der zertretenen wiese des teppichs
unter der glühbirne der metropole
an der eisernen kette

manchmal weine ich nur
auf der letzten seite
zwischen der fremden wasserleiche
und der zerschlagenen kasse

mein eigener kamm verhöhnt mich
das tränende waschbecken wendet sich von mir ab
das laken läuft durch das zimmer
– wer steht hinterm vorhang
    verboten

    die weiße nachtigall
    die in den abgeschnittenen zöpfen wohnt
    zieht am faden
    das flatternde herz
    der kronprinzessin
    der letzten der letzten

Das Ende der Dynastie

Damals wohnte die ganze königliche familie in einem zimmer. Hinter den fenstern war die mauer, vor der mauer die abfallgrube. Dort bissen die ratten die katzen tot. Das sah man nicht. Die fenster waren mit kalk bestrichen.
Als die schinder eintraten, sahen sie die alltägliche Szene.
Seine Hoheit korrigierte das reglement des Regiments der Wandlung des Herrn, der okkultist Philippe versuchte durch suggestion die nerven der Königin zu beruhigen, der Thronfolger schlief zusammengerollt zum knäuel im sessel, und die Großen (und mageren) Prinzessinnen sangen fromme lieder und stopften die garderobe.
Der lakai aber stand an der wand und gab sich mühe, die tapete nachzuahmen.

Die Małachowski-Schlucht

Graf Julius führt die soldaten, er führt sie bergan durch die schattige schlucht. Er ist himmelbau, amarant, und sein schnurrbart ist golden. Er führt bergan zwischen gräbern und aprilvögeln.
Da plötzlich eine menge Russen, ein wald im wald, ein ameisenhaufen. Graf Julius hebt seinen blick, sucht nach der sonne des ruhms. Bewölkt. Er richtet sich auf in den steigbügeln, zieht seinen säbel; will aus dem himmel einen einzigen strahl heraustrennen. Auf einmal schwärzen sich seine epauletten. Der lateinische satz wird ihm nie mehr einfallen können. Am ende der schlucht ist jetzt – ein grauer stein und der Gruß des Engels.

Der Kaiser

Es war einmal ein kaiser. Er hatte gelbe augen und einen raubsüchtigen rachen. Er wohnte im palast voller marmor und polizisten. Allein. Nachts wurde er wach und schrie. Niemand liebte ihn. Am meisten mochte er jagden und terror. Aber er ließ sich mit kindern in blumen photographieren. Als er gestorben war, hatte niemand gewagt, seine bildnisse zu entfernen. Seht nach, womöglich hängt auch bei euch zu hause noch seine maske.

Des Kaisers Traum

Ein spalt! – schreit der kaiser im traum. So laut, daß der baldachin aus straußenfedern über seinem schädel wackelt. Soldaten, die rings um das schlafgemach mit gezückten schwertern wachen, meinen, dem kaiser träume jetzt eine belagerung. Soeben habe er einen spalt in der mauer erblickt und befohlen, daß man durch ihn in die festung dringe.
Aber in wirklichkeit ist der kaiser im augenblick ein tausendfüßler, der über den fußboden läuft auf der suche nach speiseresten. Plötzlich entdeckt er über sich eine große sandale, die ihn zermalmen will. Der kaiser sucht nach der ritze, in die er schlüpfen könnte. Der boden ist dicht und glatt.

Ja. Es gibt nichts gewöhnlicheres als cäsarenträume.

Russisches Märchen

Alt war väterchen zar geworden, sehr alt. Nicht einmal das täubchen konnte er mehr mit eigenen händen erwürgen. Kalt und golden saß er auf seinem thron. Nur der bart wuchs ihm bis auf den boden und tiefer. Damals regierte ein anderer, niemand wußte, wer. Das neugierige volk spähte durchs fenster in den palast, aber Kriwonossow hatte die fenster mit galgen verhängt. So sahen nur die gehenkten etwas.
Schließlich war väterchen zar richtig gestorben. Glocken läuteten, doch der leichnam wurde nicht fortgetragen. Väterchen zar war angewachsen an den thron. Die beine des throns hatten sich mit den zarenbeinen vermengt. Die hand war in die lehne hineingewachsen. Man hat ihn nicht losreißen können. Aber den zaren zusammen mit dem goldenen thron beizusetzen – war zu schade.

Großväterchen

Er war gut. Liebte kanarienvögel, kinder und lange heilige messen. Aß hustenbonbons. Alle sagten: großväterchen hat ein goldenes herz. Bis einmal ein nebel dieses herz überzog. Großväterchen starb. Er verließ den guten, sorgenvollen körper und wurde gespenst.

Ufer

Sie wartet am ufer des großen langsamen flusses
am andern steht Charon trübe leuchtet der himmel
(übrigens ist es kein himmel) Charon
ist da er warf eine schnur auf den ast nur
und sie (diese seele) holt einen obolus
der gar nicht lange unter der zunge gesäuert
setzt sich am heck des leeren nachens
das alles wortlos

wenn wenigstens doch der mond
oder das heulen des hundes

Anfang der Dynastie

* * *

Sie ist frisch
als wäre sie von heute
oben mit geronnenem blut
groß wie ein seefisch

er trägt sie durch alle plätze
bestreut sie mit salz
preist sie mit lauter stimme

sie ist frisch
als wäre sie von heute
diese violetten äderchen
zeugen von eigentlich gar nichts

sie treten näher
befühlen mit fingern
schütteln die köpfe

versteckt er sie am busen
dann fühlt er wirklich
sie ist frisch
noch warm

sie ist frisch
als wäre sie von heute
schamlos groß

wer kauft die wunde

Haare

Haare
wachsen nachts
an der wand
sie sind keine locke
hinter dem ohr des gedächtnisses

sie gehören auch nicht
zum geschäftigen schoß der nacht

sie sind von der haut getrennt
führen ein trockenes
sonderdasein

sie bewegen sich ruhelos
spannen sich
bei jeder berührung
schmerzlich

weder weiß
noch schwarz
ihre farbe ist eher
rascheln

zähneklappern
plötzlicher schrei
händeringen
vermögen sie nicht
zu verscheuchen
haare wachsen unmittelbar an der wand

Episode

Wir gehn am meer
und halten fest in den händen
zwei enden des alten dialogs
– liebst du mich
– ja

mit krauser stirn
faß ich den sinn
der zwei testamente zusammen
der astrologen propheten
der philosophen aus gärten
und der philosophen der klöster

und das klingt fast so:
– nicht weinen
– sei tapfer
– sieh doch sie alle

du blähst die lippen und sagst
– du solltest prediger werden –

und gehst verärgert davon
wer mag schon den moralisten

    was sage ich nur am ufer
    des kleinen leblosen meeres

    langsam erfüllt das wasser
    die form der verschwundenen füße

Unsere Angst

Unsere angst
trägt kein nachthemd
hat keine eulenaugen
lüpft keinen deckel
löscht keine kerze

sie hat auch kein totengesicht

unsere angst
ist ein in der tasche gefundener
zettel
»Wójcik warnen
locum auf der Langen verbrannt«

unsere angst
fliegt nicht auf flügeln des sturms
setzt sich auf keinen kirchturm
sie ist konkret

sie hat die form eines eilig
geschnürten bündels
mit warmer kleidung
kalter verpflegung
und waffe

unsere angst
hat kein totengesicht

die toten sind milde zu uns
wir tragen sie huckepack
schlafen unter einer decke

schließen ihnen die augen
rücken den mund zurecht
tasten nach trockenen stellen
und vergraben sie

nicht zu tief
nicht zu flach

Warschauer Friedhof

Diese wand
der letzte prospekt
ist fort

Kalk für häuser und gräber
erinnerungskalk

das letzte echo der salve
formiert zur steinernen platte
und eine bündige inschrift
in stiller antiqua gemeißelt

Bedrängt von den lebenden
steigen die toten tiefer
tiefer hinab

Nachts klagen sie in den rohren des leids
kommen vorsichtig
tropfen für tropfen heraus

Zünden sich noch einmal an
beim ersten flammen des streichholzes

Und droben herrscht ruhe
epitaphe und kalk

Wo die allee der lebenden
sich kreuzt mit der neuen welt
unter dem stolz klopfenden absatz
wächst ein maulwurfshügel

der friedhof jener die bitten
um den haufen lockerer erde
um ein winziges zeichen von oben

Zwei Tropfen

Wälder brannten –
aber sie
banden ihr hände um die hälse
wie rosensträuße zusammen

leute liefen in bunker und keller -
er sagte seine frau habe haare
darin könne man sich verbergen

in eine decke gehüllt
flüsterten sie schamlose worte
die litanei der verliebten

wurde es schlimm
sprangen sie sich in die augen
und schlossen sie fest

so fest daß sie das feuer nicht spürten
das bis an die wimpern schlug

sie waren tapfer bis zum schluß
sie waren treu bis zum schluß
sie glichen sich bis zum schluß
wie zwei tropfen
angehalten am rand des gesichts

Schwarze Rose

Sie sprießt
schwarz
aus den vom kalk
geblendeten augen

berührt die luft
und wird
im planetenchaos
zum diamanten

puste
in die kleine flöte
der phantasie
und entführe
aus der schwarzen
rose
farben
wie eine erinnerung
aus der verbrannten stadt

violett – für gift und katheder
rot – für beefsteak und cäsar
blau – für die uhr

gelb – für knochen und ozean
grün – für das mädchen verwandelt in einen baum
weiß – für das weiß

schwarze rose
was versteckst du

in der schwarzen rose
unter den toten mücken der elektronen

Die Fünf

1

Man führt sie morgens
auf den steinernen hof
und stellt sie an die mauer

fünf männer
zwei sehr jung
die übrigen reifen alters

nichts mehr
läßt sich von ihnen berichten

2

wenn das peloton
in anschlag geht
hält alles inne
im grellen licht
der offensichtlichkeit

die gelbe wand
das kalte blau
der schwarze draht auf der mauer
anstelle des horizonts

Das ist der moment
der rebellion der fünf sinne
die fliehen möchten
wie ratten vom sinkenden schiff

bevor das geschoß sein ziel erreicht
das auge die nahende kugel bemerkt

das ohr das stählerne rauschen wahrnimmt
die nase mit scharfem qualm sich füllt
die flocke blut den gaumen streift
und die finger sich krampfen und lockern

schon sind sie hingestreckt
begraben bis an die wimpern in schatten
nach dem kommando
hört das leben auf litzen
koppel und helme
nicht auf das blut an der mauer

3
ich erfuhr es nicht heute
ich weiß es nicht erst seit gestern
also wozu
habe ich unnütze verse von blumen geschrieben

wovon sprachen die fünf
in der nacht vor der exekution
von den prophetischen träumen
vom abenteuer im bordell
von fahrzeugteilen
der seereise
daß er nur kreuze bekam
daß man nicht hätte anfangen sollen
daß wodka das beste ist
daß nach dem wein der kopf brummt
von mädchen
von früchten
vom leben

also darf man
in der lyrik namen von griechischen hirten verwenden
versucht sein die farbe des himmels am morgen festzuhalten

von liebe schreiben
sogar
noch einmal
mit sterblichem ernst
der verratenen welt eine rose
schenken

* * *

Die form seines körpers
unter dem farblosen baum

mit ihm verbunden doch fremd
genau aber trocken

sie atmet obgleich sie nicht lebt
sie ist nur abbild

man könnte sie hektographieren
in die unendlichkeit fast

so viele ausgehülste gegenstände
auf jeder rast
auf jedem fremden platz
unter jedem baum des traums

Betrachtungen zum Problem des Volkes

Aus der tatsache, daß wir die gleichen flüche
und ähnliche liebesschwüre gebrauchen
werden zu dreiste schlüsse gezogen
auch die gemeinsame schullektüre
reicht als prämisse nicht aus
um zu töten
ähnlich verhält es sich mit dem land
(weiden sandweg weizenacker himmel plus wolkengefieder)

ich möchte endlich erfahren
wo die verblendung endet
und die verbindung beginnt
ob wir infolge erlebter geschichte
nicht seelisch verstümmelt wurden
und nun auf fakten mit der gesetzmäßigkeit von
hysterikern reagieren
sind wir denn immer noch ein barbarischer stamm
zwischen den künstlichen seen und den elektrischen wäldern
offen gesagt ich weiß nicht
ich stelle nur fest
daß dieser zusammenhang da ist
der sich zeigt im erblassen
in der plötzlichen röte
im gebrüll und im auswurf der hände
und ich weiß wo das hinführen kann –
in ein eilig gegrabenes loch

also zum schluß noch testamentarisch
damit man es wisse:
ich habe auch rebelliert
aber ich meine daß dieser blutige knoten

der letzte sein sollte welchen
der sich befreiende
zerreißt

Erwachen

Erwachen

Als das grauen wich und die scheinwerfer erloschen
entdeckten wir daß wir auf müllhaufen saßen in seltsamen posen
die einen mit gestreckten hälsen
die zweiten mit offenem mund aus dem noch das vaterland troff
die andern mit fäusten vor die augen gepreßt
emphatisch gekrümmt pathetisch stramm
in händen stücke von blech und knochen
(das scheinwerferlicht hatte sie in symbole gewandelt)
doch nun waren es nur noch knochen und blech

Uns blieb keine wahl so blieben wir auf dem müll
machten ordnung
gaben knochen und blech ins archiv

Dann lauschten wir auf das zwitschern der trambahn die schwalbenstimmen der fabriken
und neues leben legte sich uns vor die füße

Die Substanz

Weder in den köpfen die der scharfe schatten der fahnen-
stangen löscht
noch in den geschlitzten auf dem stoppelfeld liegengelassenen
rümpfen
noch in den händen die das kalte zepter und den apfel schleppen
noch im herzen der glocke
noch unter den sohlen der kathedrale
hat alles platz

die ihre karren schieben durch die schlecht gepflasterte vorstadt
und aus dem brand mit der buttel voll sauersuppe fliehen
die heimkehren zu den ruinen nicht um die toten zu rufen
sondern um dort das rohr vom eisernen öfchen zu finden
ausgehungert – das leben liebend
ins gesicht geschlagen – das leben liebend
die man schwerlich blume nennen kann
die aber körper sind
das heißt lebendiges plasma
zwei hände um den kopf zu schützen
zwei beine schnell für die flucht
die fähigkeit nahrung zu beuten
zu atmen
das leben vor der gefängnismauer weiterzugeben
es gehen zugrunde jene
die schöne worte mehr als die fetten gerüche schätzen
zum glück aber sind es nicht viele

das volk dauert
und heimgekehrt von den fluchtchausseen mit vollen säcken
baut es das siegestor
für die schönen verstorbnen

Bericht aus dem Paradies

Im paradies dauert die arbeitswoche dreißig stunden
die löhne sind höher die preise fallen ständig
die physische arbeit quält nicht (infolge kleinerer zugkraft)
das holzhacken macht so viel aus wie das maschinenschreiben
die staatsform ist haltbar und die regierung vernünftig
wahrhaftig im paradies ist es besser als irgendwo sonst

Am anfang sollte es anders sein –
strahlende kreise chöre und stufen der abstraktion
aber den körper genau von der seele zu trennen
mißlang und sie kam hier an
mit einem tropfen fett mit einem faden muskel
man mußte beschlüsse fassen
das körnchen des absoluten mit dem körnchen lehm vermischen
noch eine abweichung mehr vom dogma die letzte
Johannes nur hat es vorausgesagt: ihr werdet wiederauferstehen im fleisch

Gott bekommen nur wenige zu gesicht
es existiert nur für die aus reinem pneuma
der rest hört nachrichten von den wundern und sintfluten
mit der zeit werden alle den Gott zu sehen bekommen
wann dieses wahr wird weiß niemand

Vorerst am samstag zwölf uhr mittag
heult die sirene süß
und blaue proletarier kommen aus den fabriken
sie tragen unter dem arm ihre flügel linkisch wie geigen

Das Verhör des Engels

Wenn er vor ihnen steht
im schatten des verdachts
ist er noch ganz
aus der materie des lichts

die äonen seiner haare sind
zu einem büschel
der unschuld gebunden

nach der ersten befragung
steigt ihm das blut in die wangen

werkzeug und zwischenfragen
treiben das blut auseinander

mit eisenrohr
offenem feuer
werden die grenzen
seines körpers markiert

der schlag in den rücken
bestärkt das rückgrat
zwischen wolke und pfütze

nach einigen nächten
ist das werk vollendet
die lederne gurgel des engels
ist voll von klebriger fügung

wie schön
wenn er auf die knie fällt

einverleibt in die schuld
durchtränkt von einsicht

die zunge zögert
zwischen den ausgeschlagenen zähnen
und dem geständnis

sie hängen ihn mit dem kopf nach unten

wachstropfen rinnen
vom haar des engels
und bilden am fußboden eine
einfache prophezeiung

Testament

Ich vermache den vier elementen
was ich zur kurzen verfügung hatte

dem feuer – meine gedanken
möge das feuer blühen

der erde die ich zu sehr geliebt
den körper das taube korn

und der luft die worte und gesten
die sehnsucht das heißt nutzlose dinge

was übrig bleibt
ein wassertropfen
mag zwischen himmel und erde
kreisen

mag es durchsichtiger regenfall sein
farnkraut des frosts flocke des schnees

mag es den himmel niemals erreichend
zum jammertal meiner erde
zurückkehren treu als reiner tau
geduldig die harte scholle zu rühren

bald geb ich den elementen zurück
was ich zur kurzen verfügung hatte

ich kehre nicht wieder zur quelle der ruhe

Rast

Wir machten rast im städtchen der wirt
ließ den tisch in den garten tragen der erste stern
ging auf und erlosch wir brachen das brot
man hörte heimchen zirpen in den dosten des abends
und weinen doch weinen des kindes dazu die geschäftigkeit
von insekten menschen gesten geruch der erde

die mit dem rücken zur mauer saßen
sahen – lilafarben jetzt – den hügel der galgen
den dichten efeu der exekution am gemäuer

wir aßen viel
wie immer wenn niemand zahlt

Am Gipfel der Treppe

Selbstverständlich
die dort am gipfel der treppe
wissen
wissen alles

ganz anders wir
die reinemacher der plätze
gärtner der künftigen früchte
denen jene vom gipfel der treppe
manchmal
erscheinen
stets mit dem finger auf dem mund

wir sehen ein
des einen kopf taugt zum spaten
des anderen zum denken
so war es immer

also gehören wir nicht zu denen die
von einem fuß auf den anderen treten
unsere frauen flicken das sonntagshemd geduldig
wir unterhalten uns über die lebensmittelversorgung
den fußball den preis der schuhe

und samstags neigen wir unseren kopf nach hinten
und trinken

also wir gehören nicht zu jenen die ihre fäuste ballen
wie tollgewordene hunde unter uns sind
solche henkt man zu recht

denn sie sind die frucht der dürren bäume
und da ist ihr gottloses märchen

wir werden die treppe erklimmen
und sie erobern
die köpfe derer vom gipfel
werden über die treppe rollen
und wir werden endlich erfahren
was von oben zu sehen ist
welche zukunft
welche leere

wir möchten keine
rollenden köpfe sehen
wir wissen wie rasch die köpfe nachwachsen
und daß am gipfel stets nur wenige bleiben
und daß es unten schwarz ist von besen und spaten

nur manchmal träumt man
daß die vom gipfel der treppe
zu uns herabkommen neben uns platz nehmen werden
und während wir trockenes brot aus den zeitungen wickeln
sagen werden
reden wir einmal von mensch zu mensch
es ist nicht wahr was in den zeitungen steht
die wahrheit tragen wir in den zusammengepreßten lippen

wir sagen sie nicht weil sie weh tut
wir tragen sie einsam
wir sind nicht glücklich
gern blieben wir hier

das sind natürlich träume
die sich erfüllen können oder auch nicht
aber wir werden trotzdem bis an das lebensende

unser quadrat erde
unser quadrat stein
beackern
mit leichtem kopf
der zigarette hinter dem ohr
und ohne den tropfen hoffnung im herzen

Ort

Ich kam nach jahren dorthin zurück
vielleicht zu satt

ich wollte mich des orts vergewissern

die hügel waren kleiner
in den gräben der rettung
stand bräunliches wasser

das gras wie damals
ich erkannte die heiliggeistwurzel

die landschaft war zusammengeschrumpft
sie war einfach normal
gemessen an so viel entsetzen
gemessen an so viel hoffnung

die vögel flogen
von niederen zweigen
auf höhere zweige

so fand ich nicht einmal bei ihnen
die bestätigung

Wahrsagung

Alle linien führen ins tal der hand hinab
in die kleine grube wo die quelle des schicksals schlägt
Hier ist die linie des lebens Seht sie verläuft wie ein pfeil
der horizont der fünf finger ist vom bach erhellt
der vorwärts reißt und hindernisse zerbricht
und es gibt nichts schöneres und nichts mächtigeres
als dieses vorwärtsstreben

Wie hilflos dagegen ist diese linie der treue
wie in der nacht ein schrei ein fluß in der wüste
der anfängt im sand und endet im sand
Vielleicht läuft sie weiter tiefer unter der haut
legt das muskelgewebe dort frei betritt die arterien
damit wir unseren toten des nachts begegnen
innen wo blut und erinnerung kreisen
in stollen kammern brunnen
voll dunkler namen

Dieser hügel war früher nicht da – ich erinnre mich gut
dort war das nest der zärtlichkeit rund als wäre
dort auf die hand eine heiße träne aus blei gefallen
Ich erinnre mich an die haare den schatten der wange
die spröden finger und an die last des schlafenden kopfes

Wer hat das netz zerstört Wer hat den hügel
des gleichmuts geschichtet den es hier früher nicht gab

Warum ziehst du denn deine hand zurück an die augen
Ich sage wahr Doch wem

* * *

Die stadt am abend
eine rußkolonie

verschimmelte fenster
rost in den gärten
schweigen der klinken

an der leine
das zerreißende hemd

am morgen
stach das schiff in see

es war lange zu sehn
dieser grüne baum
verfolgt vom salz

Tusculum

Das Haus

Das haus über jahreszeiten
das haus der kinder und tiere
und äpfel Quadrat der leere
unter dem stern der nicht da ist

das haus war der kindheit fernglas
die haut der gemütsbewegung
die wange der schwester
der zweig des baumes

das feuer löschte die wange
den zweig durchstrichen geschosse
über der asche ein liedchen
des heimatlosen fußvolks

das haus ist der kubus der kindheit
das mark der gemütsbewegung

der flügel der verbrannten schwestern

das blatt des verstorbenen baumes

Niemals von dir

Niemals wag ich zu sprechen von dir
du meines stadtteils riesiger himmel
oder von euch ihr dächer dämme gegen die wasserfälle der luft
ihr schönen flaumigen dächer haare unserer häuser
Ich verschweige auch euch ihr vom mond verlassenen hälse reckenden
schornsteine laboratorien der trauer
und euch ihr offnen-verschlossenen fenster
die platzen quer während wir jenseits der meere sterben

Ich beschreibe nicht einmal das haus
das alle fluchten und meine heimkünfte kennt
obwohl es klein ist und das geschlossene lid nicht senkt
nichts gibt den geruch des grünen türvorhangs wieder
oder das knarren der treppe sooft ich die brennende lampe aufwärts trage
oder das blatt überm tor

Eigentlich wollte ich über den griff an der pforte des hauses schreiben
von seinem rauhen druck und freundlichen knurren
und weiß ich auch viel über ihn
so wiederhole ich doch nur die grausam alltägliche wortlitanei

Zwischen zwei herzschlägen hat eine menge gefühle platz
so viele gegenstände kann man in beide hände nehmen

Wundert euch nicht daß wir die welt nicht beschreiben können
wir nennen die dinge nur zärtlich bei ihrem namen

Mein Vater

Mein vater mochte Anatole France
und rauchte Mazedonische Extra
in wolken ihres blauen aroms
schmeckten die schmalen lippen das lächeln
und damals in jener fernen zeit
wenn er sich beugte über ein buch
sagte ich immer: vater ist Sindbad
ihm ist oft bitter mit uns

Deshalb verreiste er Auf einem teppich
auf den vier winden Über atlanten
liefen wir ihm hinterher in sorge
und er verlor sich Dann kehrte er heim
zog den geruch aus die hausschuhe an
und wieder schlüsselgerassel in taschen
und tage wie tropfen wie schwere tropfen
die zeit vergeht doch sie ändert nichts

Einst nahm man die vorhänge ab vor dem fest
er ging durch die scheibe und kam nicht wieder
ich weiß nicht schloß er die augen vor kummer
oder vergaß er sich umzudrehen

Einmal in ausländischen illustrierten
sah ich seine photographie
er ist gouverneur auf einer insel
wo's palmen gibt und liberalismus

Mutter

Wie ein knäuel garn fiel er von ihrem schoß. Er entwickelte sich rasch und flüchtete blindlings. Sie hielt den beginn seines lebens fest. Wickelte ihn um den zeigefinger wie einen ring. Sie wollte ihn schützen. Er rollte hinab über steile schrägen, manchmal kletterte er hügelan; dann kam er wieder verwirrt und schwieg. Niemals mehr wird er zurückkehren auf den süßen thron ihrer knie.

Die ausgestreckten hände leuchten im dunkel wie eine alte stadt.

Regen

Als mein älterer bruder
aus dem krieg kam
hatte er an der stirn einen silbernen stern
und unter dem stern
den abgrund

ein granatsplitter
traf ihn bei Verdun
vielleicht bei Tannenberg
(die einzelheiten hatte er vergessen)

er redete viel
in vielen zungen
doch am meisten lag ihm
der dialekt der geschichte

bis zur erschöpfung
riß er vom boden die gefallenen kameraden hoch
Roland Feliksiak Hannibal
schrie
der letzte kreuzzug komme
Karthago falle bald
und bekannte dann unter schluchzen
daß ihn Napoleon nicht mag

wir sahen zu
wie er blaß wurde
die sinne verließen ihn
langsam versteinerte er zum denkmal

die musikalischen ohrenmuscheln
betrat der steinerne wald
und die gesichtshaut
schloß sich
um die zwei unsichtbaren und trockenen
knöpfe der augen

es blieb ihm allein
der tastsinn

was für geschichten
er mit den händen erzählte
in der rechten hatte er romane
in der linken soldatenerinnerungen

sie holten meinen bruder ab
und fuhren ihn hinter die stadt

nun kommt er jeden herbst
still und schmächtig
weigert sich einzutreten
klopft mich heraus an der scheibe

wir gehn durch die straßen
und er erzählt mir
unwahrscheinliche fabeln
mit den blinden fingern des weinens
nesteld
am gesicht

Der für Naturkunde

Ich kann mich an sein gesicht
nicht erinnern

er pflegte stehenzubleiben
hoch über mir
auf langen gespreizten beinen
ich sah
das goldene kettchen
den aschgrauen rock
den mageren hals
daran die tote krawatte
geheftet

als erster zeigte er uns
das bein vom krepierten frosch
das von der nadel berührt
heftig zusammenzuckte

er führte uns
durch den goldenen kneifer
ins heimliche leben
unseres urgroßvaters
des pantoffeltierchens

er brachte
ein dunkles korn
und sagte: mutterkorn

von ihm ermuntert
wurde ich vater
im zehnten lebensjahr

als die ins wasser getauchte
kastanie
nach spannungsvoller erwartung
den gelben keim zeigte
und alles ringsum
sang

im zweiten kriegsjahr
wurde der für naturkunde
von den strolchen für geschichte
erschlagen

wenn er in den himmel kam –

vielleicht spaziert er jetzt
auf langen strahlen
in grauen strümpfen
mit riesigem netz
und grüner botanisiertrommel
die hinten lustig baumelt

doch kam er nicht hinauf –

wenn ich auf dem waldpfad
einem käfer begegne
der über den sandhügel kriecht
trete ich näher
scharre mit den füßen
und sage:
– guten tag herr lehrer
erlauben sie daß ich ihnen helfe –
ich hebe ihn vorsichtig hinüber
und sehe ihm lange nach
bis er verschwindet
im dunklen lehrerzimmer
am ende des laubkorridors

Schwester

Dank dem unbedeutenden altersunterschied dem kindlichen vertrautsein
dem gemeinsamen bad dem geheimnis des flaumigen haars und der weichen haut
entdeckte er bald er könnte die schwester sein (– das war ganz einfach
so wie der tausch der plätze bei tisch als die eltern gegangen waren und großmutter alles erlaubte)
– und die schwester besitzerin eines bogens eines herrenfahrrads seines namens gar seiner nase

sie hatten die nasen zum glück verschieden der mangel an äußerer
ähnlichkeit ersparte wohl die dramatische konsequenz
es endete mit der berührung die berührung öffnete nichts
und der junge blieb zum glück in den grenzen seiner haut

das korn des zweifels das erschüttern des principium individuationis
stak doch sehr tief und eines nachmittags es war september
als der dreizehnjährige auf der straße der legionen – einen fiaker sah
fühlte er sich so genau als dieser
daß ihm ein roter schnurrbart zu sprießen begann

und er verbrühte sich seine hand an der steifen peitsche

Gedanken an den Vater

Sein strenges gesicht in der wolke über den wassern der kindheit
so selten hielt er mir meinen warmen kopf in der hand
zum glauben gerichtet die schuld nicht vergebend
rodete er nämlich wälder und ebnete pfade
er trug die laterne hoch als wir die nacht betraten

ich dachte ich würde zu seiner rechten sitzen
wir würden das licht von der dunkelheit scheiden
und unsere lebenden richten
es kam anders

– seinen thron fuhr der altwarenhändler auf dem handkarren fort
dazu den grundbuchauszug die karte von unseren gütern

er wurde ein zweites mal geboren winzig zerbrechlich
mit transparenter haut mit sehr kleinen knorpeln
er schrumpfte zusammen damit ich ihn annehmen konnte

am belanglosen ort ist ein schatten unter dem stein

er selber wächst in mir
wir essen unsere niederlagen
lachen zuweilen
wenn wir daran denken wie wenig man braucht
sich auszusöhnen

Das Land

Im äußersten winkel der alten karte liegt das land, nach dem ich mich sehne. Es ist die heimat der äpfel, der hügel, der trägen flüsse, des herben weines und der liebe. Leider hat eine riesige spinne darüber ihr netz gesponnen und mit ihrem klebrigen speichel die schranken der träume geschlossen.
So ist es immer: der engel mit feuerschwert, die spinne, das gewissen.

Tusculum

Dem glück in den seilen der schiffe hatte er nie getraut
also kaufte er endlich ein haus mit garten wie sie
hier würde er schreiben können im einklang mit der Natur
vom hohen turm des grases im sterblichen laub

der fleiß der insekten die hundertjährigen kriege des unkrauts
der liebesritus der tiere die morde blindlings
es war keine zucht nur der kiesweg
vermittelte labsal

rasch hatte er sich in einen so zweifellosen zustand zurückgezogen
daß niemand zu fragen wagte

schande dieser flucht

Exkursionen

Mona Lisa

Ich ging
über sieben grenzberge
stacheldrähte der flüsse
und erschossene wälder
und erhängte brücken –
über wasserfälle der treppen
strudel von meeresflügeln
und über barocken himmel
übersät mit blasen von engeln
– zu dir
eingerahmtes Jerusalem

ich stehe
ich dichten brennesseln
der exkursion
am ufer der purpurschnur
und der blicke

    hier bin ich
    siehst du hier bin ich

    ich hatte keine hoffnung
    doch hier bin ich

        eine fleißig lächelnde
        teerige stumme konvexe

    als wär sie aus linsen gebaut
    auf dem fond der hohlen landschaft

zwischen den schwarzen schultern
dem mond in der wolke ähnlich

und dem ersten baum der umgebung
ist die große leere des lichtschaums

und hier bin ich
manchmal war es
manchmal schien es
wozu daran denken

nur ihr gleichmäßiges lächeln
der kopf das reglose pendel

ihr auge träumt die unendlichkeit
doch in den blicken schlafen schnecken

und hier bin ich
sie sollten alle kommen
ich bin allein

als er den kopf
nicht mehr bewegen konnte
sagte er
wenn das zu ende geht
fahre ich nach Paris
zwischen dem zweiten und dritten finger
der rechten hand
pause
ich lege in diese furche
die leeren hülsen des schicksals

und hier bin ich
ich bin es

mit lebendigen fersen
in den fußboden gestemmt

die fette und kaum hübsche Italienerin
strählt ihr haar auf die trockenen felsen

abgehauen vom fleisch des lebens
entführt aus haus und geschichte

mit entsetzlichen ohren aus wachs
erwürgt mit der schärpe des harzes

ihre hohlen körpervolumen
sind auf diamanten gesetzt

zwischen ihren schwarzen schultern
und dem ersten baum meines lebens

liegt ein schwert
ein geschmolzener abgrund

Sie legte ihr Haar

Sie legte ihr haar zurecht
vor dem spiegel und vor dem schlaf
Das dauerte unendlich lange Zwischen der einen
und andern beugung des armes im ellbogen
vergingen epochen Aus dem haar fielen leis
die soldaten der Dritten Legion
der heilige Ludwig mit seinen kreuzrittern
die artilleristen von Verdun
Mit starken fingern
steckte sie fest die glorie über ihrem kopf
Das dauerte so lange
daß als sie endlich
ihren schaukelnden marsch
zu mir begann
mein bislang so folgsames herz
stehenblieb
und dicke körner salz
erschienen auf meiner haut

Botanischer Garten

Das ist ein pflanzenpensionat, sehr streng geführt wie eine klosterschule. Gräser, bäume und blumen wachsen mit anstand, ohne vegetative üppigkeit, und hüten sich vor dem verbotenen liebesspiel mit den hummeln. Sie sind stets befangen ob ihrer lateinischen würde und weil sie beispiel sein müssen. Sogar die rosen verschnüren ihren mund. Sie träumen vom herbarium.
Greise kommen hierher mit büchern und nicken ein beim schläfrigen ticken der sonnenuhren.

Die Langobarden

Riesige kühle weht von den Langobarden
sie sitzen im sattel des passes fest wie auf steilen stühlen
halten das morgenrot in der linken
die peitsche in ihrer rechten gletscher geißeln die lasttiere
lagerfeuer knarren sternasche fällt die steigbügel pendeln
unter den fingernägeln unter dem lid
klumpen von fremdem blut schwarz und hart wie ein kiesel
verbrennen der fichten gebell eines pferdes asche
sie hängen die schlange neben dem schild am abgrund
aufgerichtet kommen sie aus dem norden schlaflos
beinahe blind die frauen wiegen die roten kinder über den feuern

riesige kühle weht von den Langobarden
ihr schatten durchbrennt das gras wenn sie ins tal sich stürzen
schreiend ihr zähes nothing nothing nothing

Curatia Dionisia

Der stein ist gut erhalten die Inschrift (schlechtes latein)
sagt Curatia Dionisia hätte vierzig jahre gelebt
und auf eigene kosten diesen bescheidenen denkstein errichtet
Einsam dauert ihr festmahl der stockende pokal
das gesicht ohne lächeln zu schwere tauben
die letzten jahre des lebens verbrachte sie in Britannien
vor der mauer der angehaltenen barbaren
im castrum von dem nur keller und fundamente übrigblieben

Sie übte das älteste frauengewerbe aus
kurz aber aufrichtig haben die männer der Dritten Legion
ihr nachgetrauert
dazu ein älterer offizier
sie ließ sich zwei kissen von bildhauern unter den ellbogen
legen
gönnen wir ihr den komfort
delphine und seelöwen bedeuteten eine weite reise
obwohl es von hier bis zur hölle zwei schritte waren

Genrebild

Bastzaun unkrautbewachsen und hunde an ketten
damit sie heulend den mond nicht erreichen
gemeinsame nacht von menschen kriechtieren hopfen
in schwarzem grün auf durchfeuchtetem boden

kaum daß die beete frostig zu dämmern beginnen
hält bei der knarrenden pforte die stube an
so gehn in der frühe die bauern zum horizont
geleitet von ihren riesigen schuhen
mit hopfenstangen die kleine sonne zu stoßen

Das Haus des Dichters

Irgendwann war hier atem auf den scheiben, geruch des bratens, dasselbe gesicht im spiegel. Jetzt ist es ein museum. Ausgerottet ist die flora der böden, die koffer geleert, die zimmer mit wachs übergossen. Tage und nächte hielt man die fenster geöffnet. Mäuse meiden dieses zerlüftete haus.
Das bett ist sauber gemacht. Doch niemand möchte hier eine nacht verbringen.
Zwischen seinem schrank, seinem bett und seinem Tisch – die weiße grenze der abwesenheit, genau wie der abguß der hand.

Chinesische Tapete

Menschenleere insel mit dem zuckerhut eines vulkans. In der mitte des flachen wassers ein fischer mit angel und röhricht. Höher die insel, ausgebreitet wie ein apfelbaum, mit pagode und brücklein, auf dem sich verliebte treffen unter dem knospenden mond.
Würde man damit enden, gäb's ein hübsches fragment – weltgeschichte in wenigen worten. Aber das wiederholt sich in die unendlichkeit, mit einer gedankenlosen, sturen exaktheit – vulkan, verliebte, mond.
Schlimmer könnte die welt nicht beleidigt werden.

Die Heimkehr des Prokonsuls

Ich beschloß zum hof des kaisers zurückzukehren
ich versuch es noch einmal ob man dort leben kann
ich könnte hier bleiben in der entfernten provinz
unter den süßeträchtigen blättern der sykomore
unter der sanften regierung kränklicher nepoten

ich habe nicht die absicht heimgekehrt verdienste zu suchen
ich werde angemessenen beifall zollen
beim anblick der unzen lächeln die stirn zurückhaltend runzeln
man wird mir dafür keine goldene kette geben
diese aus eisen genügt

ich beschloß zurückzukehren morgen übermorgen
ich kann nicht zwischen den weingärten leben nichts ist hier mein
die bäume sind ohne wurzeln die häuser fundamentlos der regen gläsern die blumen duften nach wachs

die trockene wolke pocht an den leeren himmel
also kehre ich morgen zurück übermorgen auf jeden fall

man wird sich aufs neue einrichten müssen mit dem gesicht
der unterlippe damit sie lernt die verachtung zu zähmen
den augen damit sie vorbildlich leer sind

und mit dem verhängnisvollen kinn dem hasen meines gesichts
der zittert sooft der gardebefehlshaber eintritt

eines ist sicher ich werde mit ihm nicht trinken
reicht er den becher mir laß ich die augen fallen
und werde so tun als zöge ich speisereste aus meinen zähnen

der kaiser übrigens mag die zivilcourage
bis zu gewissen grenzen gewissen vernünftigen grenzen
im grunde genommen ist er ein mensch wie alle
und schon sehr müde der kunststücke mit dem gift
er kann sich nicht sattrinken wegen des ewigen schachspiels
der linke pokal ist für Drusus am rechten die lippe netzen
danach nur wasser trinken Tacitus im auge behalten
zum garten hinausgehn und wiederkommen
wenn die leiche bereits entfernt ist

Ich beschloß zum hof des kaisers zurückzukehren
ich hoffe wirklich es wird sich einrichten lassen

Das Fernrohr des Kapitäns

Ich habe es in Neapel von einem straßenhändler gekauft. Es soll dem kapitän des segelschiffes Maria gehört haben, das nah an der Goldküste an einem sonnigen tag unter geheimnisvollen umständen untergegangen war.
Seltsamer gegenstand. Worauf man es richtet, man sieht nur zwei blaue streifen – einen dunkelsaphirenen und einen azurenen.

In der Werkstatt

Studium des Gegenstandes

I

Am schönsten ist der gegenstand
– den es nicht gibt

er dient nicht zum wassertragen
nicht zum bewahren der sterblichen reste des helden

Antigone hatte ihn nicht gekost
die ratte war nicht darin ertrunken

er hat keine öffnung
er ist ganz offen

sichtbar
von allen seiten
das heißt kaum
geahnt

die haare
aller seiner linien
verbinden sich
zu einem lichtstrom

weder
die blendung
noch
der tod
können uns den gegenstand rauben
den es nicht gibt

2
markiere die stelle
wo der gegenstand stand
den es nicht gibt
mit einem schwarzen quadrat
das wird
eine einfache klage
von einem schönen abhandenen

ein männliches leid
verschlossen
im viereck

3
nun
steigt der ganze raum
wie ein ozean

der hurrikan schlägt
ins schwarze segel

der flügel des gestöbers kreist
über dem schwarzen quadrat

und die insel versinkt
unter der salzigen flut

4
nun hast du
den leeren raum
schöner als der gegenstand
schöner als die stelle nach ihm
es ist die vorwelt
das weiße paradies
aller möglichkeiten

du kannst dort eintreten
ausrufen
lot – waage

ein steiler blitz wird einschlagen
in den nackten horizont

damit begnügen wir uns
denn du hast die welt schon erschaffen

5
befolge den ratschlag
des inneren auges

füge dich nicht
dem getuschel gemaule geschmatze

so drängt sich vor den toren des bildes
die nicht erschaffene welt

engel bieten feil
die rosige watte der wolken

bäume stecken in alles
die unflätig grünen haare hinein

könige preisen das purpur an
und lassen die hornisten
vergolden

sogar der wal bittet um ein porträt

befolge den ratschlag des inneren auges
laß niemanden ein

6

entnimm
dem schatten des gegenstandes
den es nicht gibt
dem polarraum
den strengen träumen des inneren auges
den stuhl

der schön und nutzlos ist
wie ein katheder im urwald

leg auf den stuhl
das zerknüllte mundtuch
füg zu der idee der ordnung
die idee des abenteuers

mag es bekenntnis sein des glaubens
im angesicht des lots das da ringt mit dem horizont

mag es leiser
als engel sein
stolzer als könige
wahrer als ein wal
mag es das antlitz der endgültigen dinge haben

wir bitten dich stuhl sage aus
den grund des inneren auges
die regenbogenhaut des zwangs
die pupille des todes

In der Werkstatt

Mit leichten schritten
folgt er
von fleck zu fleck
von frucht zu frucht

der gute gärtner
er stützt mit dem stäbchen die blume
mit der freude den menschen
mit dem blau die sonne

danach
rückt er die brille zurecht
brüht den tee auf
brummt
streichelt den kater

der Herrgott als er die welt schuf
runzelte die stirn
rechnete rechnete rechnete
deshalb ist die welt vollendet
und es läßt sich in ihr nicht leben

dafür
ist die welt des malers
gut
und mit vielen fehlern

das auge schlendert
von fleck zu fleck
von frucht zu frucht

das auge brummt
das auge lächelt
das auge erinnert sich

das auge sagt es ginge an
wenn man nur eindringen könnte
in die mitte
dort wo dieser maler war
ohne flügel
mit den rutschenden pantoffeln
ohne Vergil
mit der katze im sack
der gutmütigen phantasie
und der harmlosen hand
die die welt verbessert

Gleichnis

Der dichter ahmt vogelstimmen nach
reckt seinen langen hals
und der ragende adamsapfel
ist wie ein plumper finger auf dem flügel der melodie

singend glaubt er fest
daß er den sonnenaufgang beschleunigt
die wärme seines gesangs
hängt davon ab
und die reinheit der hohen töne

der dichter ahmt steine nach
er ist
mit dem kopf auf den schultern
ein stück skulptur
die selten und schmerzlich atmet

schlafend glaubt er allein
das geheimnis des seins zu ergründen
und daß er ohne die hilfe der theologen
mit lechzendem mund die ewigkeit aufschnappt

was wäre die Welt
wäre sie nicht
von der ständigen emsigkeit des dichters
unter vögeln und steinen
erfüllt

Stimme

Ich geh ans meer
um die stimme zu hören
zwischen zwei wellenschlägen

aber die stimme fehlt
nur die greise geschwätzigkeit des wassers
das salzige nichts ist da
der flügel des weißen vogels
festgetrocknet am stein

ich geh in den wald
wo das ununterbrochene rauschen
der riesigen sanduhr waltet
die blätter zur erde
und die erde zu den blättern schüttet
mächtige insektenbacken
kauen am schweigen der erde

ich geh ins feld
grüne und gelbe streifen
die auf den nadeln der insekten beben
tönen bei jeder berührung des windes

wo ist die stimme
sie müßte sich melden
wenn dieses unermüdliche selbstgespräch der erde
für eine weile verstummt

nichts außer geräuschen
klatschen explosionen

ich geh nach hause zurück
und die erfahrung bekommt
die form einer alternative
entweder ist die welt stumm
oder ich bin taub

aber vielleicht
sind wir beide
verstümmelt

wir müssen daher
untergehakt
vorwärts gehen
zu neuen horizonten
zu den verkrampften gurgeln
woher das unverständliche
blubbern herrührt

Ich möchte beschreiben

Ich möchte die einfachste regung beschreiben
freude und trauer
doch nicht wie andre es tun
nach strahlen des regens oder der sonne greifend

ich möchte das licht beschreiben
das in mir geboren wird
doch ich weiß es gleicht
keinem der himmelskörper
es ist weniger hell
weniger rein
und fraglich

ich möchte den mut beschreiben
ohne den staubigen löwen hinter mir herzuziehen
die unruhe auch
ohne das glas mit dem wasser zu schütteln

mit anderen worten
ich gäbe alle metaphern hin
für einen ausdruck
der geschält wäre aus der brust wie eine rippe
für ein wort

das platz hätte
in den grenzen meiner haut

doch wahrscheinlich ist das nicht möglich

um zu sagen: ich liebe
lauf ich wie rasend

pflücke armvoll vögel
und meine empfindsamkeit
die nicht aus wasser ist
bittet das wasser um ein gesicht

und mein zorn
dem feuer fremd ist
leiht sich von ihm
die gesprächige zunge

so mischt sich
so mischt sich
in mir
was die ergrauten herren
für immer zergliedert haben
wovon sie behauptet haben
das eine sei subjekt
das andere objekt

wir schlafen ein
die eine hand unterm kopf
die andere im planetenhaufen

doch die füße verlassen uns
und schmecken erde
mit kleinen wurzeln
die wir morgens
unter qualen zerreißen

Drei Studien zum Thema Realismus

1

Die die kleinen seespiegel malen
die wolken und die schwanenszenen am bach
und die süße des traums den nackten arm unterm kopf
das offene blatt und den himmel wie niemand sonst vermitteln
und wenn sie das meer zu erzählen wagen
leicht dieses wort im mund mit rosenfarbenen ufern bergen

sie tragen uns in den kleinen bastkörben
hinterlegen uns an den brüsten aus denen wir seinerzeit tranken
zürnen wir ihnen nicht daß ihre welt ohne sturm
wie die gepflückte blume bei sonnenuntergang welkt
ihre kleine runde warme wirklichkeit
ist wie die backe des hirten der seine flöte bläst
sie glaubten wir fänden glück
im lauschigen winkel der landschaft mit regenbogen

2

die das innere einer rasierstube malen
die schmuddligen greisinnen esel gemüse
und säuferszenen brutaler söldner
das alles mit schwerem und bronzenem ocker
und den lichtstrahl der sich durchs gebälk
der verrußten stube hindurchstiehlt
und auf den tisch fällt auf das dort verstreute
saftige gelb das benebelte blau
dieser strahl ist da damit der gebeugte meister
daran den rohen pinsel wetze

also durchdringen sie die mietshäuser
und blicken ins herz wie in den beutel mit silberlingen
und sehen nur den blinden der die perlen zählt
das geschändete mädchen die geprügelten die betrogenen
das dunkle weinen unten und die schnüre am dachstuhl

der pinsel bittet
um das helle wasser der sintflut

3
und schließlich sie
autoren der in linke und rechte seiten geteilten leinwand
die nur zwei farben kennen
die farbe ja und die farbe nein
erfinder einfacher symbole
offener hände und geballter fäuste
des gesangs und des gewimmers
der vögel und der geschosse
des lächelns und der gebleckten zähne

die sagen
später wenn wir die früchte bewohnen werden
werden wir die feine farbe »vielleicht« benutzen
und »unter einer bedingung« mit dem perlenglanz
aber jetzt üben wir die zwei chöre
und werfen dich
auf die leere bühne
unter das blendende licht
rufend: wähle solange noch zeit ist
wähle worauf wartest du noch
wähle

Und um dir zu helfen stupsen wir leicht das zünglein an der
waage

Klapper

Es gibt leute die im kopf
gärten züchten
und ihre haare sind pfade
zu sonnigen weißen städten

sie schreiben leicht
schließen die augen und schon
fließen von ihren stirnen
bilderlawinen

meine vorstellungskraft
ist ein stück brett
mein instrument
ein kurzer stock

ich klopfe ans brett
und es antwortet mir
ja – ja
nein – nein

den andern die grüne glocke des baums
die blaue glocke des wassers
ich habe die klapper
von unbewachten gärten

ich klopfe ans brett
und es antwortet mir
das trockene gedicht des moralisten
ja – ja
nein – nein

Ornamentatoren

Gelobt seien die ornamentatoren
verzierer und verputzer
die schöpfer fliegender putten

und auch jene die bänder herstellen
und auf den bändern erquickende inschriften
(unter den bändern waltet der wind von den großen flüssen)

und auch die fiedler und flötenspieler
die für die reinen töne sorgen
sie überwachen die arie von Bach auf der g-saite

und selbstverständlich auch die poeten
denn sie beschützen die kinder
während sie lächelnd hände und augen sagen

sie haben recht es ist nicht eine sache der kunst
die wahrheit zu suchen das geht die wissenschaft an
die verputzer wahren die wärme des herzens
besorgen das mosaik über dem tor
die taube den zweig oder die sonne in blumen
(jemand hinter dem tor zieht die symbole an einer schnur)

es gibt solche worte farben und rhythmen bereits
die lachen und weinen als würden sie leben
die verputzer verwahren diese worte

daß dunkle mühlen damit betrieben werden
das kümmert uns die verputzer wenig
wir sind die partei des fleisches und der freude

an der straße der fröhlichen vorbeimärsche
sticht die graue gefängnismauer ins auge
häßlicher fleck in idealer landschaft

man hat die besten verputzer gerufen
die ganze nacht die verputzer anstreichen lassen
sogar die rücken derer die auf der anderen seite sitzen
in rosa

Alltag der Seele

Am morgen laufen mäuse
über den kopf
am boden des kopfes
gesprächsfetzen
abfälle eines gedichts
die zimmermuse
tritt ein
in blauer schürze
sie putzt

zu meinem herrn
da kommen bessere gäste
so ein zum beispiel Heraklit aus Ephesus
oder prophet Jesaja

heute läutet niemand

der herr geht nervös umher
spricht zu sich selber
zerreißt die unschuldigen papiere

am abend geht er hinaus in unbekannte richtung

die muse bindet die blaue schürze ab
stützt die ellenbogen aufs fensterbrett
reckt den hals
wartet
auf ihren gendarmen
mit dem roten schnurrbart

* * *

Was wird
wenn die hände
von den gedichten fallen

wenn ich das trockene wasser
in anderen bergen trinke

es müßte egal sein
doch das ist es nicht

was wird mit den gedichten
wenn der atem fortgeht
und die gnade der stimme
verworfen wird

ob ich den tisch verlasse
und talwärts gehe
wo das neue lachen
dröhnt
unter dem dunklen wald

Im Lachkabinett

Das Lachkabinett

Die schaukel, die teufelsmühle, die schießbude – sind eine zerstreuung für gewöhnliche menschen. Feinere geister, nachdenkliche naturen ziehen das lachkabinett vor. Sein erhabener und verborgener zweck ist es, uns auf das schlimmste vorzubereiten. Da zeigt es in einem spiegel unseren vom rad genommenen körper – den formlosen sack mit gebrochenen knochen, in einem anderen unseren vom haken genommenen körper nach langwieriger trockener luftdestillation.
Besucht das lachkabinett. Besucht das lachkabinett. Es ist die vorhalle des lebens, das vorzimmer der tortur.

Piraten

Piraten spielen kegel. Dabei ist der himmel rot. Ganz. Wenn der könig, von der kugel angeschlagen, wackelt, tauchen weiße schiffe am horizont auf. Herrliches lachen hört man und donner.

Henne

Die henne ist das beste beispiel dafür, wo das enge zusammenleben mit menschen hinführt. Sie hat die leichtigkeit und die anmut des vogels gänzlich verloren. Über dem stattlichen pürz ragt das federgebüsch empor wie ein zu großer hut von schlechtem geschmack. Ihre seltenen augenblicke der erregung, wenn sie sich auf ein bein stellt und die runden augen mit dem lidhäutchen zuklebt, sind erschütternd widerlich. Und dazu noch diese parodie des gesangs, abgeschnittne supplikationen über eine unsagbar lächerliche sache: das runde, weiße, beschmierte ei.

Sie erinnert an manche dichter, die henne.

Zwerge

Zwerge wachsen im walde. Sie haben einen spezifischen geruch und weiße bärte. Sie treten einzeln auf. Wenn es gelänge, davon eine handvoll zu sammeln, zu trocknen und über der tür aufzuhängen – vielleicht hätten wir dann ruhe.

Die Näherin

Seit dem morgen regnet es. Die von gegenüber wird beerdigt. Eine näherin. Sie träumte vom trauring und starb mit dem fingerhut am finger. Alle lachen darüber. Der brave regen flickt himmel und erde zusammen. Aber auch daraus wird nichts.

Praktische Anleitung für den Fall der Katastrophe

Sie beginnt gewöhnlich harmlos, indem sich die erdumdrehung kaum merkbar beschleunigt. Man verlasse sofort das haus und nehme niemand von den verwandten mit. Man nehme ein paar der unentbehrlichen gegenstände. Man lasse sich nieder so weit wie möglich vom zentrum, nahe am wald, am meer oder berg, bevor der sog, mit jedem augenblick stärker, alles zur mitte hinabzuschleudern, in gettos, schränken, kellern zu würgen anfängt. Man klammere sich an der außenwand fest. Die hände sind frei zu halten, der kopf ist tief zu tragen. Die muskeln der beine zu pflegen.

Die Mangel

Die inquisitoren sind unter uns. Sie leben in souterrains großer mietshäuser und ihre gegenwart verrät nur die aufschrift HIER MANGEL.
Tische mit prallen bronzenen muskeln, mächtige walzen, die langsam aber genau zermalmen, das triebrad, das kein erbarmen kennt – warten auf uns.
Laken, die aus der mangel fallen, sind wie leere körper von hexen und ketzern.

Aus der Technologie der Tränen

Bei dem jetzigen stand der wissenschaft eignen sich nur die falschen tränen zur verwertung und weiteren produktion. Wahre tränen sind heiß, deshalb sehr schwer vom gesicht zu lösen. Als man sie fortentwickelt hatte zu festkörpern, stellte es sich heraus, daß sie sehr spröde waren. Die technologen grübeln der frage nach, wie wahre tränen wirtschaftlich nutzbar würden.
Falsche tränen werden vor dem einfrieren, da von natur sehr trübe, der destillierung unterzogen und in einen zustand versetzt, in dem sie in punkto reinheit den wahren tränen fast gar nicht nachstehn. Sie sind sehr hart, sehr dauerhaft und nicht nur als schmuck, sondern sogar zum schneiden von glas geeignet.

Punkt

Scheinbar ein tropfen regen auf dem geliebten gesicht, ein erstarrter käfer auf einem blatt, wenn gewitter nahen. Etwas, was sich beleben, abwischen, abwenden läßt. Eher haltestelle, mit grünem schatten, als ende.
Tatsächlich ist der punkt, den wir um jeden preis zähmen wollen, ein knochen, der aus dem sande ragt, ein zuknallen, ein zeichen der katastrophe. Satzzeichen der elemente. Menschen sollten sich seiner bescheiden bedienen und mit gebührendem ernst – wie sonst, wenn sie das schicksal vertreten.

Epilog

Colantonio – S. Gierolamo e il leone

Für Karl Dedecius
in unverbrüchlicher Freundschaft

im grunde schlamperei
die bücher durcheinander
Organon Marx Engels Tractatus logico-philosophicus Lolita
der heilige liest alles
und am rande der seiten
der mohn seiner glossen:
vergleiche seite 7 richtig die folgerung fehlt

auf dem schreibtisch die rolle mit pergamenten
federkiel tintenfaß stundenglas
nutzlose fläschchen welche das nachdenken fördern
die umgekehrte also in frage gestellte welt spiegelt sich darin

just als er laut in der botschaft
des heiligen Johannes las
kam der löwe herein und streckte
seine vom stachel verletzte tatze entgegen

mit langem lateinischen stil zieht der heilige aus der grauen
büchse den dorn

das hätte gut enden können
aber es endete schlecht

der löwe gewöhnte sich an den heiligen
folgte ihm überallhin
zertrat die blumen
erschreckte die metzger
die kinder nur waren gelassen
sie riefen »dummer leone« und warfen mit steinen

der heilige tat was er konnte
verbarg sich im tor
ließ seine dienerin sagen, der herr sei nicht da

das alles half wenig
der löwe brüllte schlug mit der rute
verlor tatsächlich die sinne

am tag als der heilige starb
ging er davon durch die schmutzige vorstadt
direkt in die wüste

da sah er plötzlich
daß der purpurne hut
mit der dreifachen schnur und den vierzehn knoten
darunter der heilige sonst seinen heiligenschein verbarg
als er an der ecke die apotheke betrat
wegen der schmerztabletten
langsam aufging als mond
am himmel der ganz aus gold war
und oben dort blieb
für immer

Nachsatz

Karl Dedecius:
Zbigniew Herberts Leben und Lyrik

Zbigniew Herbert ist in Lemberg am 29. Oktober 1924 geboren. Sein Vater – Jurist – war Bank- und Versicherungsdirektor. Den größten Einfluß im Elternhaus hatte die Großmutter, eine Armenierin der Herkunft nach und eine fromme Christin. An ihr hing die Liebe des Knaben. Die Mutter hatte zwischen den Gegensätzen zu vermitteln.

Das eigentliche Elternhaus Herberts lag im Walde: eine weiße Villa unweit von Lemberg, in der die Ferien verbracht wurden; ein Reich mit einem selbstgebastelten »astronomischen Observatorium« auf dem Dachboden, mit Nestern wilder Wespen und Fledermäusen. Man konnte von hier aus phantastische – einsame – Ausflüge unternehmen, Streifzüge ins hohe Gras und in den Wald, zu den »türkischen Gräbern« wo es Gespenster gab und Fichten, »den Baum meiner Kindheit«.

Dieses Leben ging in Trümmer, als Herbert vierzehn war. Die Familie wurde auseinandergetrieben; Terror, Hunger und die Verschleppung nach Rußland wurden allerdings überstanden. Das Jahr 1941 brachte mehr »Ordnung« ins Leben: Gymnasium, dann Universität, die illegal waren, Posten eines Blutspenders, Teilnahme an der Widerstandsbewegung.

Danach kam das Leben in Krakau. Herbert begann an der Handelsakademie zu studieren; darauf folgten das Studium der Rechte in Thorn und der Philosophie in Warschau, die Teilnahme an literarischen Diskussionen und politischen Versammlungen, seine Kontakte mit der Akademie der Schönen Künste und der Schauspielschule. Ruhelose Lehr- und Wanderjahre.

Herbert redigierte die *Kaufmännische Rundschau* und war Angestellter an der Nationalbank. Dabei fand er noch Zeit genug, um die Abschlußarbeit über den *Ästhetischen Aspekt der philosophischen Systeme* vorzubereiten. 1951 trat Herbert aus dem Schriftstellerverband aus, zwei Jahre später in die Redaktion des katholischen *Allgemeinen Wochenblatts* ein, das bald darauf liquidiert wurde. Das Jahr 1956 brachte endlich die ersten Publikationen und die erste Anerkennung – Herbert debütierte mit dem Lyrikband *Lichtsaite*, dem ein Jahr darauf ein zweiter folgte: *Hermes Hund und Stern.* Der dritte Gedichtband, *Studium des Gegenstandes* erschien 1961, der vierte *Inschrift*, 1969.

Im Jahre 1971 gab sein Verlag *(Czytelnik* in Warschau) die *Gesammelten Gedichte,* ein Jahr davor das *Staatliche Verlagsinstitut* (*PIW* in Warschau) seine *Dramen* heraus.

Reisen durch Frankreich, England, Italien und Griechenland entsprang ein Buch bester polnischer Prosa – *Ein Barbar in einem Garten* (1962). Historische Betrachtung, Kunstbeschreibung, Reisebericht und lyrische Impression verbanden sich hier zu einer klassischen Einheit.

1965 erhielt Zbigniew Herbert den *Nikolaus-Lenau-Preis:* »Ich bin froh, daß das dichterische Wort heute Grenzen passiert und Gespräche mit anderen Bewohnern dieser Erde führt ... Die Poesie ist dazu berufen, ein Verständigungsmittel der Welt zu sein, weil sie der Menschheit wirkliche Erfahrungen übermittelt.« (Aus Herberts Rede bei der Preisverleihung in Wien.)

Herbert wurde 1966 zum korrespondierenden Mitglied der Bayerischen Akademie der schönen Künste gewählt, 1971, nach seiner Heimkehr von mehrjährigen Auslandsreisen – Bundesrepublik, USA, Holland, Österreich – vom Polnischen Schriftstellerverband in den Vorstand aufgenommen. 1973 verlieh ihm die FVS-Stiftung Hamburg den Gottfried-von-Herder-Preis in Wien.

In deutscher Sprache liegen (alle im Suhrkamp Verlag) folgende Bücher Herberts vor:

Gedichte (es 88, 1964), *Ein Barbar in einem Garten,* Essays (es 111, 1965), *Inschrift*, Gedichte aus zehn Jahren (1967), *Ein Barbar in einem Garten 2* (es 365, 1970), *Im Vaterland der Mythen, Griechisches Tagebuch,* Gedichte, Dialoge, Essays (BS 339, 1973), *Inschrift,* Gedichte (BS 384, 1973). Als vervielfältigte Manuskripte liegen im Theater Verlag Suhrkamp folgende Stücke Herberts deutsch vor: *Das andere Zimmer* (1966), *Die Höhle des Philosophen* (1966).

Dieses Buch ist eine revidierte Ausgabe der *Inschrift* von 1967: das Konzept, die Anordnung, die Zahl der Gedichte (100) blieb, es sind nur einige Übersetzungen gegen neuere ausgetauscht. Die Auswahl, vom Herausgeber thematisch geordnet, ist ein Querschnitt durch Herberts lyrisches Gesamtwerk.

Obwohl Herbert in der englischen und französischen Dichtung zu Hause ist und sich zuweilen an der deutschen (vor allem an Benn) orientiert, schuf er ein in der polnischen und wohl auch europäischen Lyrik durchaus originelles, in Tonfall, Tendenz und Temperament spezifisches Gedicht, das eine zurückhaltende und deshalb um so wirksamere Entzauberung der klassischen und der modernen Mythologie betreibt; im Namen der Ratio, die nach einem philosophisch und moralisch vertretbaren Erkenntnissystem fahndet. In dieser Lyrik finden wir das poetische Postulat von MacLeish – das Gedicht habe nicht zu bedeuten, es habe zu sein – verwirklicht, aber auch mehr: Herberts Gedichte sind *und* bedeuten. Metapher, Gedanke, Moral, die Phantasie und die Realien widersprechen in ihnen einander nicht. Sie bilden einen harmonischen Sinn- und Klangkörper, in dem keins der Teile das andere, auf Kosten des anderen, überfordert. Sie schaffen die von Przyboś so häufig apostrophierte Stimmungseinheit des Gedichts. Diese Meisterschaft in der Komposition eines Ganzen aus sehr unterschiedlichen Elementen und Stilen macht Herbert, wie der Warschauer Kritiker J. J. Lipski feststellte, »zu einer der intellektuell reichsten künstlerischen Erscheinungen der heutigen Lyrik«. Es gelingt ihm wie keinem seiner Altersgenossen, die Konfliktsituationen des mo-

dernen Menschen mit gedanklich wie ästhetisch gleichermaßen gültigen Parabeln zu bestimmen.
Biblische, historische und mythologische Stoffe sind Herbert ein Idealgelände für Meditationen, für seine subtil ironisierenden Vergleiche.
Herbert ist Dichter eines jahrtausendealten und zugleich ewig aktuellen Gleichnisses von der Grausamkeit der Götter und der Verlorenheit des Menschen. In diesem Kampf – zwischen *Apollo und Marsyas* – steht Herbert auf der Seite der Erniedrigten und der Beleidigten, ohne den Kampf um die Befreiung aus den Zwängen der alten und der neuen Mythen aufzugeben, ohne das *Loblied des Lebens* zu versäumen.

Inhalt

Bibliothek Suhrkamp

223 Marieluise Fleißer, Abenteuer aus dem Englischen Garten
224 John Fletcher, Die Kunst des Samuel Beckett
225 Max Frisch, Biografie: Ein Spiel
226 Hermann Hesse, Der Steppenwolf
227 Hermann Hesse, Siddhartha
228 Bertolt Brecht, Meti. Buch der Wendungen
229 Thomas Bernhard, Verstörung. *Roman*
230 Marcel Proust, Pastiches. Die Lemoine-Affäre
231 Marie Luise Kaschnitz, Vogel Rock. *Unheimliche Geschichten*
232 Walter Benjamin, Über Literatur
233 Alexander Mitscherlich, Die Idee des Friedens und die menschliche Aggressivität. *Vier Versuche*
234 Ernst Bloch, Die Kunst, Schiller zu sprechen
235 Marcel Jouhandeau, Pariser Bilder
236 Theodor W. Adorno, Minima Moralia
237 Andor Endre Gelléri, B. und andere Prosa
238 Wladimir W. Majakowskij, Liebesbriefe an Lilja
239 Marcel Proust, Briefwechsel mit der Mutter
240 James Joyce, Giacomo Joyce
241 Djuna Barnes, Antiphon
242 Bertolt Brecht, Politische Schriften
243 Thomas Mann, Schriften zur Politik
244 Hermann Hesse, Politische Betrachtungen
245 Hermann Broch, Gedanken zur Politik
246 Alexander Mitscherlich, Versuch, die Welt besser zu bestehen
247 Ödön von Horváth, Geschichten aus dem Wiener Wald
249 Wsewolod Iwanow, Panzerzug 14–69
250 Ludwig Wittgenstein, Über Gewißheit
251 Walter Benjamin, Berliner Chronik
252 Hans Kudszus, Jaworte, Neinworte
253 James Joyce, Anna Livia Plurabelle
254 Samuel Beckett, Residua
255 Peter Weiss, Trotzki im Exil
256 Bertolt Brecht, Die Bibel
258 Konrad Bayer, Der Kopf des Vitus Bering
259 Lucebert, Wir sind Gesichter
260 Theodor W. Adorno, Über Walter Benjamin
261 Max Frisch, Tagebuch 1946–1949
262 Karl Krolow, Nichts weiter als Leben
263 Gershom Scholem, Judaica 2

264 Paul Celan, Ausgewählte Gedichte
265 Jürgen Habermas, Philosophisch-politische Profile
266 Wiesław Brudziński, Die rote Katz
267 Marcel Proust, Eine Liebe von Swann
269 H. C. Artmann, Von denen Husaren
270 Hans Erich Nossack, Dem unbekannten Sieger
271 Pierre Jean Jouve, Paulina 1880
272 Thomas Bernhard, Midland in Stilfs
273 Yasushi Inoue, Der Stierkampf
274 Juri Kasakow, Larifari
275 Robert Minder, Wozu Literatur?
276 Nelly Sachs, Verzauberung
277 Samuel Beckett, Premier amour · Erste Liebe
278 Gertrude Stein, Erzählen
279 Ezra Pound, Wort und Weise, ›motz el son‹
280 James Joyce, Briefe an Nora
281 Wolfgang Hildesheimer, Zeiten in Cornwall
282 Andrej Platonov, Die Baugrube
283 Jaroslav Hašek, Die Partei des maßvollen Fortschritts
284 Hans Mayer, Brecht in der Geschichte
285 Ödön von Horváth, Von Spießern, Kleinbürgern und Angestellten
286 André Maurois, Auf den Spuren von Marcel Proust
287 Bertolt Brecht, Über Klassiker
288 Jiří Kolář, Das sprechende Bild
289 Alfred Döblin, Die beiden Freundinnen und ihr Giftmord
290 Alexander Block, Der Sturz des Zarenreichs
292 Ludwig Hohl, Nächtlicher Weg
293 Djuna Barnes, Nachtgewächs
294 Paul Valéry, Windstriche
295 Bernard Shaw, Die heilige Johanna
296 Hermann Kasack, Die Stadt hinter dem Strom
297 Peter Weiss, Hölderlin
298 Henri Michaux, Turbulenz im Unendlichen
299 Boris Pasternak, Initialen der Leidenschaft
300 Hermann Hesse, Mein Glaube
301 Italo Svevo, Ein Mann wird älter
302 Siegfried Kracauer, Über die Freundschaft
303 Samuel Beckett, Le dépeupleur Der Verwaiser
305 Ramón José Sender, Der König und die Königin
306 Hermann Broch, James Joyce und die Gegenwart
307 Sigmund Freud, Briefe
309 Bernard Shaw, Handbuch des Revolutionärs
310 Adolf Nowaczyński, Der schwarze Kauz

311 Donald Barthelme, City Life
312 Günter Eich, Gesammelte Maulwürfe
313 James Joyce, Kritische Schriften
314 Oscar Wilde, Das Bildnis des Dorian Gray
315 Tschingis Aitmatow, Dshamilja
316 Ödön von Horváth, Kasimir und Karoline
317 Thomas Bernhard, Der Ignorant und der Wahnsinnige
318 Princesse Bibesco, Begegnung mit Marcel Proust
319 John Millington Synge, Die Aran-Inseln
320 Bernard Shaw, Der Aufstand gegen die Ehe
321 Henry James, Die Tortur
322 Edward Bond, Lear
323 Ludwig Hohl, Vom Erreichbaren und vom Unerreichbaren
324 Alexander Solschenizyn, Matrjonas Hof
325 Jerzy Andrzejewski, Appellation
326 Pio Baroja, Shanti Andía, der Ruhelose
327 Samuel Beckett, Mercier und Camier
328 Mircea Eliade, Auf der Mântuleasa-Straße
329 Hermann Hesse, Kurgast
330 Peter Szondi, Celan-Studien
331 Hans Erich Nossack, Spätestens im November
332 Wenjamin Alexandrowitsch Kawerin, Das Ende einer Bande
333 Gershom Scholem, Judaica 3
334 Ricarda Huch, Michael Bakunin und die Anarchie
335 Bertolt Brecht, Svendborger Gedichte
336 Francis Ponge, Im Namen der Dinge
337 Bernard Shaw, Wagner-Brevier
338 James Joyce, Stephen der Held
339 Zbigniew Herbert, Im Vaterland der Mythen
340 Hermann Broch, Barbara
341 Nathalie Sarraute, Tropismen
342 Hermann Hesse, Stufen
343 Rainer Maria Rilke, Malte Laurids Brigge
344 Hermann Hesse, Glück
345 Peter Huchel, Gedichte
346 Adolf Portman, Vom Lebendigen
347 Ingeborg Bachmann, Gier
348 Knut Hamsun, Mysterien
349 Boris Pasternak, Schwarzer Pokal
350 James Joyce, Ein Porträt des Künstlers
351 Hans-Georg Gadamer, Wer bin ich und wer bist Du
353 Hermann Hesse, Eigensinn
384 Zbigniew Herbert, Inschrift